Mordseegrollen

Maria Fortmann ermittelt

Bibliografische Information der Deutschen Nationalbibliothek: Die Deutsche National-bibliothek verzeichnet diese Publikation in der Deutschen Nationalbibliografie; detaillierte bibliografische Daten sind im Internet über dnb.dnb.de abrufbar.

Impressum:

© 2019 Marcus Ehrhardt
Herstellung und Verlag:
BoD – Books on Demand, Norderstedt
ISBN: **9783748159155**

Korrektorat / Lektorat: Tanja Loibl
Titelgestaltung: MTEL-Design
Bildnachweis: pixabay

Kapitel 1

Aufgeregt rannte Johannes seinen Eltern entgegen.

»Kommt schnell, ich habe eine tote Robbe gefunden!« Die Eltern des Fünfjährigen sahen sich ratlos an und folgten dann ihrem Sprössling, der bereits wieder hinter der Düne aus ihrem Sichtfeld verschwunden war.

»Warte, Johannes«, rief sein Vater ihm nach und seine Mutter schrie:

»Fass die bloß nicht an!« Sie beschleunigten ihren Schritt und nach wenigen Metern hatten sie den Scheitelpunkt der Kurve erreicht. Sie erblickten ihren Sohn in sicherer Entfernung zu dem sich im Rhythmus der Wellen bewegenden, toten Körper, in der Hocke sitzend und mit seinen Händen im Sand des Badestrandes grabend.

»Da«, rief er, als sie ihn endlich erreicht hatten. Johannes schien äußerst stolz auf seine Entdeckung, zeigte er doch grinsend mit dem ausgestreckten Arm auf seinen spektakulären Fund.

»Ach du Scheiße«, entfuhr es seinem Vater, während seine Mutter die Hände vor den Mund hielt. »Das ist keine Robbe.« Sie ergriff die Hand ihres Sohnes, nahm ihn auf den Arm und flüsterte ihrem Mann zu:

»Mir wird schlecht. Ich muss hier weg.«

»Ja, geht«, erwiderte er leise. »Ich kümmere mich darum.«

Während seine Frau mit Johannes umkehrte, hob er einen herumliegenden Ast auf und näherte sich dem aufgedunsenen, nackten Körper, der mit dem Rücken zu ihnen auf der Seite lag. Aus der Entfernung konnte man dieses leblose Etwas tatsächlich nicht als einen Menschen identifizieren, und Gott sei Dank auch nicht, dass der Kopf fehlte. Er holte tief Luft und kämpfte dagegen an, seinem Würgereiz nachgeben zu müssen. Vorsichtig stupste er die Wasserleiche an, die sich wie in Zeitlupe zu ihm drehte.

Der Anblick der zerfressenen Vorderseite war so grausam, er konnte nicht anders: Gerade noch rechtzeitig wich er ein paar Schritte zurück und erbrach sein Frühstück auf den feinen Sand des Strandes.

Kapitel 2

Maria öffnete das Fenster ihres Büros einen Spalt weit, damit der Geruch sich nicht im Raum festsetzte, der vom Matjesbrötchen ausging, das ihr Kollege Goselüschen gerade genüsslich als Mittags-Snack verzehrte.

»Ich weiß gar nicht, was du hast«, sagte er schmatzend zwischen zwei Bissen. »Ist doch nur Fisch.« Maria schüttelte tadelnd den Kopf.

»Fisch mit einer Tonne Zwiebeln meinst du wohl.«

»Das, meine liebe«, erwiderte er, »gibt der Kreation erst den richtigen Pfiff. Außerdem hättest du dir ja auch eines holen können. Du bist doch Pescoflaganerin.«

»Ach, Gose, es heißt immer noch Pescetarierin. Und ja, hätte ich können. Aber du weißt nicht erst seit heute, dass ich tagsüber außer meinem Müsli und Obst nichts esse. Schließlich sind wir jetzt seit —«, sie blickte fragend zu ihm hinüber, »wie vielen Jahren Partner? Drei? Vier?«

»Auf jeden Fall schon lange – aber wenn es nach mir geht, Blondie, noch lange nicht lang genug.« Maria war wegen des unerwarteten Komplimentes sprachlos, aber auch argwöhnisch, ob nicht ein winziger Satz von ihm hinterhergeschoben werden würde, der es gleich wieder ad absurdum führte.

Bevor jedoch etwas in dieser Richtung geschah, ging die Tür auf und ihr Kollege Waldner steckte seinen Kopf herein.

»Moin, ihr beiden. Puh, welch ein strenger Geruch!«
Er rümpfte die Nase. »Es gibt was zu tun für euch. In
Bensersiel wurde eine Wasserleiche angeschwemmt.
Der Doc erwartet euch bereits.« Er schaute zum unbe-
eindruckt kauenden Goselüschen und schob hinterher:
»Du solltest vorher vielleicht besser aufessen – sie soll
übel aussehen.« Ein abwertender Grunzer war dessen
einzige Reaktion. Sollte es sich etwa noch nicht bis
Aurich herumgesprochen haben, dass er sich eines
Viehmagens rühmte? Für dieses Image hatte er doch
mit unzähligen Wettessen auf diversen geselligen
Dienstabenden gesorgt. Innerlich feierte er sich kurz
selbst dafür, bevor er einen geschäftsmäßigen Blick
aufsetzte und mit dem Kopf zu Maria deutete. Sie
nahm seine Geste augenrollend zur Kenntnis.

»Danke, Karl-Heinz«, sagte sie und überlegte kurz,
das Fenster zu schließen – entschied sich dann dafür,
es noch weiter zu öffnen. Es würde schon niemand
unerlaubt einsteigen, zumal sich das Büro im ersten
Stock befand. Und so hegte sie die Hoffnung, dass
sich der Fischzwiebelmief bis zu ihrer Rückkehr ver-
zogen haben würde. »Wir machen uns gleich auf den
Weg.«

***

Eine dreiviertel Stunde später parkten sie den Dienstwagen in der Nähe des Instituts für Rechtsmedizin in
Oldenburg. Sie warfen dem ihnen bekannten jungen
Mann an der Anmeldung einen Gruß zu und nahmen
die Treppe in die erste Etage. Dort durchschritten sie

den anthrazitfarben, gefliesten Korridor, der mit den weiß gestrichenen Strukturtapeten eher an ein Bürogebäude als an ein medizinisches Institut erinnerte.

»Wann hatten wir die letzte Wasserleiche?«, wollte Goselüschen wissen.

»Hm, außer der des alten Mannes, die wir vor drei Jahren aus dem Goldenstedter See gezogen haben, kann ich mich nicht erinnern, überhaupt mal etwas damit zu tun gehabt zu haben.«

»Stimmt, der lag aber nur ein paar Stunden in dem See, bevor er gefunden wurde.« Goselüschen nahm sie zur Seite und erklärte ernst:

»Ich bin zu meinen alten Zeiten in Aurich und Emden öfter damit konfrontiert worden. Glaub mir, es ist meist kein schöner Anblick, wenn die ´ne Zeit im Meerwasser gebadet haben.« Er erinnerte sich, dass sich des Öfteren selbst ihm fast der Magen umgedreht hätte. Besonders der tote Körper eines jungen Mannes vor etwa zehn Jahren war ihm besonders im Gedächtnis geblieben. Der Leichnam damals war zum Teil bis auf die Knochen abgefressen gewesen und es nisteten gar Kleintiere in ihm. Maria lächelte sanft.

»Danke, dass du mich vorbereiten willst, aber ich glaube, ich habe mittlerweile genug Widerliches gesehen. So schlimm wird es schon nicht sein.«

»Okay«, erwiderte Goselüschen, »aber sag hinterher nicht, ich hätte dich nicht gewarnt.«

Der Eindruck eines Bürokomplexes änderte sich schlagartig, als sie durch die schwere Schwingtür in den hellblau gekachelten Eingangsbereich des Autopsieraumes traten, wo Dr. Hallig sie bereits erwartete.

Der Geruch nach Desinfektionsmittel löste den neutralen des Flures ab.

»Moin, Frau Fortmann, moin, Herr Goselüschen«, dröhnte ihnen die dunkle, kräftige Stimme Professor Doktor Halligs entgegen. Durch die deckenhohe Verfliesung verstärkt, erinnerte Maria die Begrüßung an eine Bahnhofsdurchsage. »Kommen Sie, die Zeit läuft.«

»Moin, Doc«, erwiderten sie und folgten dem hochaufgeschossenen, schlanken Mann. Auch ihnen war bewusst, dass Leichen, die in sehr kühlem Gewässer, bestenfalls am Grund, lagen, deutlich langsamer verwesten als an der Luft. Ab dem Moment jedoch, in dem sie aus dem Wasser geholt wurden, schritt der Fäulnisprozess in stark erhöhtem Tempo voran. Davon zeugte auch der Gestank, der von dem auf dem Rücken liegenden, gräulichen Leichnam ausging. Gose hatte recht, schoss es Maria durch den Kopf, das war tatsächlich das Schlimmste, das ihr je auf einem Autopsietisch untergekommen war. Klar, sie hatte während ihrer langjährigen Dienstzeit zerstückelte Menschen, diverse Schuss- und Stichverletzungen und andere Wunden durch direkte oder indirekte Gewalteinwirkung gesehen und einige davon begegneten ihr noch manchmal im Traum. Tatsächlich war es nicht unbedingt die Optik, die ihr zu schaffen machte, sondern der schier unerträgliche Gestank, der trotz der auf Maximalkraft laufenden Abluftvorrichtung in ihrer Nase brannte. Sie musste sich anstrengen, ihren Würgereflex zu unterdrücken. Trotzdem zwang sie sich, die Tote genau zu inspizieren, deren aufgedunsene Haut in Fetzen am Körper hing oder von Fäulnisgasblasen nach oben gedrückt wurde. Die Arme und Beine lagen teilweise bis zu den Knochen frei.

»Fangen wir damit an, was wir genau wissen«, begann Hallig, der jetzt den beiden Kommissaren gegenüber auf der anderen Seite des Tisches stand. »Die Tote ist weiblich und war zum Zeitpunkt ihres Todes zwischen 16 und 20 Jahre alt. Das kann ich anhand der Knochen bestimmen. Bei der Todesursache bin ich unschlüssig, dafür brauche ich noch etwas Zeit. Wobei das –«, er deutete auf den linken Knöchel der Toten, um den sich ein zerfaserter Nylonstrick schlang, der etwa dreißig Zentimeter lang am Bein herunterhing und ein ebenfalls fasriges Ende aufwies, »nicht auf einen Unfall hinweist.«

»Sieht eher nach Suizid aus«, sagte Goselüschen. »Oder jemand anderes meinte, sie solle auf dem Meeresgrund verschwinden.«

»Beides möglich«, sagte Hallig.

»Was ist mit dem Kopf? Können Sie etwas zu der Wunde am Hals sagen?«

»Nun, Frau Fortmann, wenn wir uns die Wundränder anschauen, so sie denn noch da sind, hat ihn entweder jemand mit einer gezackten Säge abgetrennt oder es haben sich ein paar Raubfische daran zu schaffen gemacht. Mir erscheinen die Ränder ähnlich wie die am Rumpf und an den Extremitäten.« Dabei wies er auf die am stärksten beschädigten Stellen. »Ich gebe zu, dass ich mir bei einigen Begebenheiten unsicher bin. Daher habe ich bereits zwei kundige Kollegen aus Hamburg und Bremen konsultiert, die über einen wesentlich höheren Erfahrungsfundus bezüglich dieses Zustands von Toten verfügen als mein Team hier vor Ort und ich.«

»Was ist mit dieser Narbe?« Goselüschen deutete auf eine etwa fünf Zentimeter lange Hautwulst an der rechten Schulter der Frau.

»Eine zugegeben recht unsaubere Arbeit eines Chirurgen«, klärte Hallig auf. »Wahrscheinlich hatte sie eine Operation am Schultergelenk oder der Rotatorenmanschette. Die Narbe ist aber schon einige Jahre alt.«

»Wie lange wird es dauern, bis wir Näheres von Ihren Kollegen erfahren?«

»Das kann ich Ihnen nicht genau beantworten, Herr Goselüschen. Mit zwei bis drei Wochen sollten Sie rechnen.«

»Gut, bis dahin haben wir auch das Ergebnis der DNA-Analyse aus Hannover«, sagte Maria leise.

»Hoffen wir, dass wir sie im System haben. Ohne Kopf ist es schlecht mit der Identifikation über den Zahnstatus und Fingerabdrücke können wir hier wohl auch vergessen.« Goselüschen warf seufzend einen Blick auf die Hände, deren Oberhaut fast komplett fehlte.

»Was Ihnen dabei möglicherweise helfen könnte, ist dies.« Hallig fasste den Leichnam an Becken und Schulter. Es gab ein schmatzendes Geräusch, als er ihn vorsichtig auf die Seite drehte – womöglich hatte sich unter der Lordose der Lendenwirbelsäule ein Vakuum gebildet. Dabei löste sich ein größeres Hautareal vom Körper und blieb an der stählernen Oberfläche des Autopsietisches hängen. Goselüschen presste seine

Zähne zusammen, Hallig hingegen schien es gar nicht wahrzunehmen, denn er zeigte ohne eine Miene zu verziehen auf einen Fleck.

»Das sieht nach einem Muttermal aus«, sagte Maria, als sie den dunklen Punkt auf dem unteren Rücken sah, der ein gutes Stück unterhalb der großflächigen Hautwunde lag, die durch das Wendemanöver entstanden war.

»Das könnte man meinen, Frau Fortmann, aber das ist ein Tattoo – zumindest das, was noch davon übrig ist.«

»Bedauerlicherweise kann man nicht erkennen, was es mal dargestellt hat«, stellte Goselüschen fest. »Oder haben Sie dazu eine Idee?«

»Nein, dazu kann ich Ihnen leider auch nicht mehr sagen.« Er ließ die sterblichen Überreste langsam wieder in die Ausgangsposition gleiten und hob darauf entschuldigend die Arme. »Es könnte alles Mögliche sein, ein Trival, ein Schriftzug oder irgendeine Figur.«

»Danke, Doc«, sagte Maria. »Sie melden sich, sobald Sie mehr wissen?«

»Selbstverständlich, Frau Fortmann, darauf können Sie sich verlassen.« Er sah den davongehenden Kommissaren kurz hinterher und wandte sich wieder der Arbeit am Leichnam zu.

***

Nur die Fußspuren im Sand, die die Beamten der Spurensicherung hinterlassen hatten, deuteten noch auf den Fundort der Leiche hin. Da es sich bei diesem

Strandabschnitt nicht um einen Tatort handelte und die wenigen Hinweise, die eventuell mit der gestrandeten Toten in Zusammenhang standen, schnell gesichert worden waren, wurde der Bereich auf Bitten der zuständigen Kurgesellschaft nach dem Abtransport der sterblichen Überreste wieder freigegeben.

»Warum macht man so etwas?« Maria ließ den Blick über das ablaufende Wasser der Ebbe schweifen, während der Wind ihre langen blonden Haare wild um ihren Kopf wirbelte. Sie griff mit einer Hand in ihre Jackentasche und zog ein Gummi hervor, mit dem sie sie zu einem Pferdeschwanz bändigte.

»Du meinst generell, sich umzubringen, oder auf diese spezielle Art? Vorausgesetzt natürlich, es handelt sich tatsächlich um einen Suizid.« Er hatte sich neben sie gestellt und gemeinsam beobachteten sie in der Ferne die nach Langeoog auslaufende Fähre, die der Insel an diesem windigen Tag jede Menge neue Touristen bescheren würde.

»Ertrinken«, sagte sie ruhig. »Das zählt zu den qualvollsten Todesarten. Es gibt mit Tabletten oder langsamem Ausbluten doch wesentlich weniger schmerzhafte Möglichkeiten.«

»Nun«, erwiderte Goselüschen. »Vielleicht meinte sie, es verdient zu haben, grausam dahinzuschwinden. Aber nochmal, ich glaube nicht an Selbstmord.« Maria schüttelte nachdenklich den Kopf.

»Nein, Gose, das glaube ich auch nicht. Meine Frage zielte auch nicht auf diese Tote ab, sondern ich meinte sie eher allgemein.«

»Darüber solltest du mit einer Psychologin quatschen. Mangels Empathie bin ich dafür definitiv der falsche Ansprechpartner.« Er stieß ihr leicht mit seinem Ellbogen in die Seite. »Und nun komm, wir haben zu tun.«

Bevor sie sich den Fundort ansahen, hatten sie kurz mit der Familie gesprochen, die hier ihren Urlaub verbrachte und immer noch etwas verstört wegen ihrer Entdeckung am Morgen war.

»Zum Glück wusste unser Johannes nicht, was er da gefunden hat«, sagte seine Mutter in einem Ton zu ihnen, als ob sie für das Anschwemmen einer Leiche genau zum Zeitpunkt des Familienspaziergangs verantwortlich waren. »Wer weiß schon, was so etwas für Langzeitschäden bei dem Kleinen verursachen könnte.«

»Nun, Sie sagten ja, dass er es für einen toten Seehund gehalten hat«, erwiderte er und lächelte mild, während er dachte, dass dem Kleinen eher Spätschäden bei einer solchen Mutter bevorstünden, wenn sie alles so derart dramatisieren würde. Danach beschränkte er das Gespräch auf Sachfragen, doch wenig überraschend für die Kommissare lieferte die Unterhaltung keine verwertbaren Hinweise.

Kapitel 3

Die Situation war unbefriedigend. Solange sie keine Ergebnisse aus dem Labor hatten und der abschließende Befund der Rechtsmedizin ihnen nicht vorlag, traten sie mit ihren Ermittlungen auf der Stelle. Die Tür schwang auf und der Dienststellen-Nerd – jedenfalls schien er optisch mit seinem Polohemd und der Nickelbrille mit aller Macht an diesem Image zu feilen – betrat mit großen Schritten das Büro.

»Ihr benötigt meine Dienste?«, fragte die fröhliche Männerstimme ihres jungen Kollegen Sebastian. Er zog sich einen Stuhl heran und ließ sich mit einem übertriebenen Stöhnen darauf fallen.

»Moin, Basti. Schwerer Tag?«, begrüßte ihn Goselüschen, ohne von den Unterlagen auf seinem Schreibtisch aufzusehen.

»Basti, danke, dass du so schnell gekommen bist.«

»Für euch doch immer«, erwiderte der IT-Spezialist der Dienststelle, der für alles zuständig war, was auch nur im Entferntesten mit dem Internet oder Computern allgemein zu tun hatte. Nachdem Goselüschen und Maria ihn in ihrem letzten Fall komplett in ihre Ermittlungen gegen einen Serienmörder eingebunden hatten, fühlte sich bei den beiden besonders wohl.

»Okay, pass auf«, begann Goselüschen. »Du hast vom Fund der Wasserleiche gehört?« Sebastian nickte. »Gut, dann bring ich dich mal auf den unbefriedigenden momentanen Stand: Fingerabdrücke Fehlanzeige, ein Zahnstatus ist mangels des nichtvorhandenen Kopfes ebenso unmöglich und auf die DNA-Analyse müssen wir noch warten. Wir wissen lediglich, dass sie weiblich, zwischen 16 und 20 ist, und dass sie eine ältere Narbe an der vorderen rechten Schulter und ein Tattoo am Rücken hat – welches allerdings nicht mehr zu erkennen ist. Körpergröße etwa 1,70 m und normalgewichtig.« Goselüschen schaute kurz hoch. »Machst du keine Notizen?« Sebastian lächelte ihn an und tippte mit dem Zeigefinger an seinen Kopf.

»Das brauche ich nicht. Masterbrain, du verstehst?« Goselüschen schüttelte den Kopf.

»Na dann. Okay, weiter: Sie hatte einen Nylonstrick um einen Knöchel gebunden. Wir müssen wissen, ob so eine Leiche schon einmal irgendwo aufgetaucht ist. Und du müsstest alle Vermisstenanzeigen der letzten Monate auf Übereinstimmung checken. Zur Sicherheit frag bei den Kollegen in den Niederlanden und Dänemark nach, ob bei denen die Beschreibung auf jemanden passt.«

»Kennen wir die Todesursache?«

»Nein«, sagte Maria. »Der Doc ist unsicher und wartet auf die Expertise einiger seiner Kollegen.« Sebastian sprang auf und ging zur Tür, wo er kurz verharrte und einen Blick über die Schulter warf.

»Gebt mir zwei Stunden.«

»Nein«, erwiderte Goselüschen scharf, »du hast genau 120 Minuten!« Sebastian lachte auf und verschwand im Flur.

»Gose, du weißt, dass du nicht ganz dicht bist?«

»Ach, Blondie, nur, weil du diese Behauptung immer wieder aufstellst, wird sie nicht automatisch wahrer.«

***

Sebastian brauchte nur etwas über eine Stunde, bis er ins Büro der beiden zurückkehrte. In seiner Hand flatterten einige lose Ausdrucke.

»Schon fertig?« Goselüschen zog überrascht die Augenbrauen hoch. »Du schaffst es immer wieder, mich zu überraschen.«

»Gose, er verfügt noch über den jugendlichen Elan, der dir vor wahrscheinlich – das heißt: Hattest du ihn jemals?«

»Clown gefrühstückt oder was?«, erwiderte er sachlich, bevor er sich Sebastian zuwandte. »Was hast du für uns?« Sebastian fühlte sich offensichtlich gut unterhalten, schaute er doch grinsend zwischen den beiden hin und her.

»Ich fürchte, nichts wirklich Brauchbares. Entlang der Nordseeküste werden momentan zwei Mädchen in diesem Alter vermisst – eine aus Cuxhaven, die andere kommt aus Husum. Beide haben nach Angaben der Kollegen keine Tattoos. Die Niederländer und Dänen haben zur Zeit keine Vermisstenmeldung, die auf unsere Leiche passen würde. Auch sind in den letzten Monaten weder dort noch bei uns verstümmelte Wasserleichen mit Seilen oder Ähnlichem um die Gliedmaßen aufgetaucht.«

»Was nicht heißt, dass es keine weiteren Leichen gibt, nur, dass bisher keine angeschwemmt wurden.«

»Stimmt, Gose«, bestätigte Maria. »Aber wir brauchen uns nicht mit was wäre wenn aufhalten.«

»Okay, dann braucht ihr mich im Augenblick nicht mehr, richtig?«

»Ja, danke Basti, wir melden uns, sollte uns noch etwas einfallen.«

»Alles klar, Maria. Ich lass euch die hier«, sagte er und wedelte mit den Ausdrucken, bevor er sie in ein Ablagefach auf Marias Schreibtisch fallen ließ. Goselüschen sah dem jungen Mann hinterher, der heute mit einem pinkfarbenen Shirt optisch wieder für einen Farbtupfer in der Dienststelle sorgte, auch wenn es sich etwas mit dem lilafarbenen Rahmen seiner Brille biss. In ihrer früheren Station in Aurich hätte er mit Maria konkurrieren müssen. Aus für Goselüschen unerklärlichen Gründen hatte sie ihre farbenfrohe Garderobe seit der Abkommandierung zu Ungunsten einer dezenten Kleidungsauswahl drangegeben. Vielleicht wollte sie bei ihrem Neuanfang aber auch nur nicht auffallen, mutmaßte er und vermerkte in seinem Kopf, sie irgendwann mal darauf anzusprechen.

»Der hat was auf dem Kasten.«

»Definitiv. Apropos Kasten: Wolltest du ihm nicht mal deinen alten Rechner zum Aufpimpen mitbringen?«

»Hör mir damit auf«, sagte Goselüschen und winkte ab. »Sylvia ist der Meinung, dass der PC gut ist, wie er ist – wäre er schneller, würde ich nur noch mehr Zeit daran verbringen.« Maria konnte ein schadenfrohes Kichern nicht unterdrücken.

»Tja, wir Frauen sind schon wirklich grausam, nicht wahr? Kleiner Tipp am Rande: Hör auf sie, wenn du weiter Sex haben willst.«

»Du mich auch. Aber nun mal was ganz anderes: Dieses Klettern nächstes Wochenende, meinst du, es fällt auf, wenn ich nicht dabei bin?« Seit er diese Zwangsveranstaltung vor einigen Tagen auf dem schwarzen Brett gesichtet hatte, überlegte er angestrengt, sich dieser Quälerei zu entziehen. Wäre er zum Klettern bestimmt, hätte er ein Fell und Daumen an den Füßen.

»Gose, das ist eine teambildende Maßnahme. Du wirst dich auf gar keinen Fall davor drücken. Ich freue mich jetzt schon auf den Anblick, wie du wimmernd in den Seilen hängst und nach Hilfe rufst.«

»Pah, du wirst dich wundern. Ich habe trainiert.«

»Du hast trainiert? Was denn? Couchsurfing oder Grillmarathon?« Sie fixierte ihr Gegenüber und musste sich eingestehen, dass ihr langjähriger Partner in letzter Zeit tatsächlich einen enormen Wandel vollzogen hatte. War er vor etwas über einem Jahr noch ein übergewichtiger, kurzatmiger Typ, mit dessen vom hohen Blutdruck strahlendroten Kopf allein man eine Turnhalle in der tiefsten Nacht hätte ausleuchten können, hatte er mittlerweile eine gesunde Gesichtsfarbe und abgesehen von einem kleinen Bauchansatz hätte fast in Form auf ihn gepasst. »Ich bin gespannt. Und falls du

tatsächlich mit dem Gedanken spielen solltest, zu knei-
fen, werde ich ein Gespräch mit deiner Frau führen –
verlass dich drauf.«

Vier Tage verstrichen. Sie hatten den Fall über den Leichenfund erstmal zur Seite gelegt und bearbeiteten eine Meldung von häuslicher Gewalt.

Gerade kehrten sie von einer Befragung der Frau, deren Ehemann sie wegen Körperverletzung angezeigt hatte, ins Büro zurück. Sie hatte ihm nach einem Streit eine Bratpfanne über den Kopf gezogen und dadurch für eine klaffende Platzwunde gesorgt, die mit einigen Stichen genäht werden musste. Im Verlauf des Gesprächs erfuhren die Ermittler, dass es sich um einen Unfall gehandelt hatte. Sie hätte den Schlag nur andeuten wollen, der fettige Griff der Pfanne sei ihr jedoch aus der Hand gerutscht. Der anwesende Geschädigte war ihr tränenreich in die Arme gefallen und sie hatten sich noch vor den Augen der Kommissare versöhnt.

»Was für ein Pärchen«, sagte Maria und warf ihre Handtasche auf den Schreibtisch.

»Pack schlägt sich – Pack verträgt sich«, stimmte ihr Partner zu. »Wenn das so weiter geht, können wir auch gleich Streife fahren. Wir übernehmen so schon deren Job.« Er ließ sich auf seinen Bürostuhl fallen, der unter der Last bedrohlich knarrte.

»Sieh es positiv: Je mehr wir mit solchen Dingen zu tun haben, umso weniger kriminell ist die Gegend. Und ich gebe zu, dass ich diese eher harmlosen Fälle zwischen den Serienmördern und mafiösen Verstrickungen mal ganz entspannend finde. Erst recht, wenn es sich so auflöst wie heute.«

»Wenn du meinst – dann kannst du auch den Bericht dafür fertig machen.« Noch während er den Satz zu Ende sprach, erklang das Geräusch angeschlagener Tasten von Marias Rechner.

»Bin schon dabei.« Bevor Goselüschen etwas erwidern konnte, klingelte das Telefon. Er schaute auf das Display und erkannte die Nummer.

»Moin, Dr. Hallig, Goselüschen hier. Was haben Sie für uns?« Er stellte auf Lautsprecher, reduzierte die Lautstärke wegen der dröhnenden Stimme des Arztes jedoch etwas.

»Moin, Herr Goselüschen, moin, Frau Fortmann. Ich habe gerade die zweite Rückmeldung bekommen, diesmal von meiner Kollegin aus Hamburg. Möchten Sie die kurze oder die lange Version?« Sie wechselten einen kurzen Blick.

»Fassen Sie es doch bitte für uns zusammen und schicken uns die komplette Auswertung per Email«, schlug Maria vor, die mit ihrem Bericht innehielt, um sich auf den Rechtsmediziner konzentrieren zu können.

»Die Mail, Frau Fortmann, ist bereits in Ihrem Postfach. Gut, um es auf den Punkt zu bringen: Wir können den Tod durch Ertrinken ausschließen, das heißt, die Frau war bereits tot, als man sie versenkt hat. Über die genaue Todesursache können wir nur spekulieren, das würde Ihnen nicht helfen. Was allerdings helfen könnte, dürfte der Todeszeitpunkt sein. Da bin ich mit meinen Kollegen konform: Der müsste zwei bis drei Monate zurückliegen.«

»Das ist ein Anhaltspunkt.«

»Tut mir leid, Frau Fortmann, dass ich Ihnen nichts Konkreteres liefern kann. Das heißt, Moment, die Frau hatte vor Jahren eine Schultereckgelenksprengung, bei der die Acromionspitze, also ein Stück des Schulterdaches, frakturiert war. Sie wurde mit einem Draht refixiert. Daher rührt die Narbe.«

»Danke, Doc. Damit kommen wir einen großen Schritt weiter.«

»Gern, die Details entnehmen Sie dann bitte der Mail. Falls noch Rückfragen sind, zögern Sie nicht, mich anzurufen.« Goselüschen legte den Hörer auf und erhob sich.

»Ich werde eben zu Basti gehen und ihm die neuen Infos geben. Vielleicht bekommen wir ja dadurch einen Treffer.«

***

Leider brachten weder die neuen Erkenntnisse die Ermittlungen ins Rollen noch konnte das System durch die zwei Tage später eingehende DNA-Analyse eine Übereinstimmung feststellen.

»Was sagen die Datenbanken unserer Nachbarn?«

»Negativ«, sagte Sebastian. »Ich habe die Anfrage sogar auf die Briten und Schweden ausgeweitet, und auch in den großen Häfen nachgefragt, ob dort Meldungen von Fracht- oder Linienschiffen vorliegen, aber nirgendwo gibt es eine Vermisstenmeldung, die mit unseren Parametern übereinstimmt.«

»Du hast wohl zuviel *Passagier 23* deines Namensvetters gelesen?«, neckte ihn Goselüschen in Anspielung auf den Bestseller *Fitzeks*, der das Verschwinden von Touristen auf Kreuzfahrtschiffen thematisierte.

»Na toll«, sagte Maria und seufzte. »Dann können wir die Sache wohl erstmal zu den Akten legen.«

»Könnten wir wegen der Narbe nicht einfach in den Krankenhäusern nachfragen?«, warf Sebastian ein.

»Hast du eine Ahnung, über wie viele Krankenhäuser wir da reden?«, antwortete Goselüschen. »Tausende. Und wer weiß, wann sie operiert wurde. Davon abgesehen, dass die OP überall auf der Welt gemacht worden sein kann, wo es Mediziner gibt.« Sebastian zuckte mit den Schultern.

»War ja nur eine Idee.«

»Mir wäre auch nichts lieber, als wenn wir irgendetwas hätten, wonach wir suchen könnten. Allein schon, weil wir uns dann diesen bescheuerten Ausflug gleich ersparen könnten.«

»Nur darum geht es dir, das wusste ich«, warf Maria von ihrem Schreibtisch aus ein und lachte auf. »Nix da, du wirst dich nicht drücken.« Sie war selbst gerade damit beschäftigt, sich ihr Outdooroutfit anzuziehen.

»Komm schon, das wird sicher lustig«, sagte Sebastian und erntete ein Grummeln von Goselüschen dafür. Zähneknirschend holte er seine Sportschuhe aus dem Schrank und hielt sie vor sein Gesicht, wo er sie wie Fremdkörper hin und her drehte.

»Wow, die sind ja nagelneu. Hast du die extra für heute gekauft?«, wollte Maria wissen.

»Äh ..., nee, die sind schon zwei Jahre alt. Aber ich mache halt nur Sport in geschlossenen Räumen.«

»Ha ha, du bist ein Spinner. Ich werde dich demnächst mal zum Joggen mitnehmen, damit sich deine Anschaffung auch gelohnt hat.« Ihr daraufhin den Vogel zu zeigen war seine einzige Reaktion, dann zog auch er sich um.

***

Es war noch viel schlimmer, als er es befürchtet hatte. Die Bäume im Kletterwald ragten Goselüschen definitiv zu hoch in den Himmel, als dass er es für erstrebenswert hielt, sie zu erklimmen.

»Wer sorgt eigentlich jetzt für die Sicherheit, wenn das komplette Fachkommissariat sich sprichwörtlich zum Affen macht?«, murmelte er vor sich hin, während seine Kolleginnen und Kollegen um ihn herum den Sicherheitserklärungen der jungen Einweiserin lauschten.

»Sei mal ruhig, man versteht sonst nichts«, zischte eine Kollegin links von ihm, woraufhin er sich auf die Zunge biss, um eine provokante Reaktion zu vermeiden.

Überraschenderweise machte ihm die Kletterei mehr Spaß als erwartet. Vor allem die beiden Seilbahnen, die einen in hoher Geschwindigkeit über den angrenzenden See katapultierten, hatten es ihm so angetan, dass er sich mehrfach an deren Aufstieg anstellte.

Schwitzend, mit einigen Schwielen an den Händen, die körperliche Arbeit eher nicht gewohnt waren, und mit nassen Hosenbeinen – er konnte der Versuchung einfach nicht widerstehen, seine Füße beim Überqueren des Sees in das Wasser zu tauchen – suchte er Maria, um sich neben sie zu zwängen. Sie saß gegenüber des Kiosks mit Waldner und einigen anderen Kollegen am Tisch, die bereits dampfenden Kaffee vor sich stehen hatten.

»Na, Gose, war wohl doch nicht so schlimm, was?«

»Jo, ging so, ne?«

»Obwohl ich vorhin kurz Angst hatte, du würdest wie unsere Wasserleiche enden, nachdem du so verdreht über den See gerauscht bist«, sagte Maria lachend und schlug ihm auf die Schulter.

»Apropos«, warf Waldner ein, »seid ihr damit weitergekommen?« Er hatte durch den Flurfunk lediglich am Rande etwas vom Leichenfund in Benserwiel mitbekommen und nicht viel darüber nachgedacht, da er sich um einen Mordfall in Emden zu kümmern hatte.

»Nein, Karl-Heinz, weder die DNA noch das Tattoo oder die Narbe, die auf dem Torso gefunden wurden, konnten uns weiterhelfen«, erklärte Maria ernüchtert.

»Na, da machst´e nichts, wenn´s nicht im System ist«, erwiderte er achselzuckend.

»Das Tattoo ist leider nicht erkennbar, weil es durch die angrenzenden Hautschäden völlig zerstört wurde, und eine Narbe wegen einer Schulter-OP –«, Goselüschen schnaubte, »da kannst´e auch gleich die Nadel im Heuhaufen suchen.«

»Wo hatte sie das Tattoo?«

»Es beginnt am rechten Beckenkamm. Wie weit es sich nach oben zog, kann man nicht genau sagen, nur, dass es nicht bis zum Schulterblatt ging und auch nicht über die Wirbelsäule hinaus. Warum?«

»Hm, nur so. Wo war die Narbe?« Goselüschen ließ sich nicht bitten und drückte Waldner seinen Zeigefinger in dessen vordere Schulter. Dieser zuckte leicht zurück.

»Es hätte gereicht, es mir zu sagen. Du musst mir nicht extra gleich eine verpassen«, sagte er mit ruhiger Stimme. Maria blickte von Waldner zu Goselüschen.

»Warum fragst du?« Waldner sah auf seinen Kaffeebecher und atmete tief durch.

»Ich dachte kurz – aber das ist Blödsinn. Vergesst es.«

»Äh, nee«, sagte Goselüschen. »Rück schon raus damit. Wir nehmen jeden Hinweis, wie abstrus er auch sein mag.«

»Vor einigen Monaten, das war, bevor ihr hier herversetzt wurdet, hatten wir ein vermisstes Mädchen, Swea Hendrickson aus Greetsiel. Auf sie würde eure Beschreibung passen: Vom Alter her, von der Narbe her und sie hatte ein Tattoo dort, wo ihr sagt. Es war eine Blume, die sich vom Becken bis unter das Schulterblatt rankte.« Maria streckte ihren Rücken durch und lehnte sich dicht zu ihm.

»Bis hierhin eine komplette Übereinstimmung, was ist denn daran abstrus?« Waldner atmete hörbar aus.

»Abstrus daran ist, dass Swea Hendrickson vor ungefähr zwei Monaten beerdigt wurde.«

Kapitel 5

Auch wenn es der obligatorische Griff nach dem Strohhalm war, ließen sich Maria und Goselüschen die geschlossene Akte Hendricksons geben.

Waldner hatte ihnen noch im Kletterpark erklärt, dass das 17-jährige Mädchen drei Tage lang vermisst worden war, bis es in einem Wohnwagen auf einem Campingplatz im östlichen Teil Norderneys mit einem hypoglykämischen Schock aufgefunden wurde. Sie verstarb, kurz nachdem sie ins Krankenhaus gebracht worden war, an dessen Folgen. Hendrickson hatte erst wenige Wochen zuvor die Diagnose ihrer Diabeteserkrankung erfahren und war nach einem Streit mit ihren Eltern abgehauen. Offensichtlich hatte sie sich mit ihrer Medikation nicht ausreichend befasst. Ob sie sich unwissentlich zu viel Insulin gespritzt oder sich lediglich mangelernährt hatte, konnte nicht abschließend geklärt werden.

»Tragisch, so ein junges Mädchen. Aber verdammt, das könnte echt hinkommen mit dem Tattoo.« Maria wies auf ein Foto, das die attraktive Hendrickson im Bikini von der Seite zeigte. Goselüschen warf einen prüfenden Blick darauf und hielt ein Foto der Wasserleiche daneben. Genauso verhielt es sich mit der Narbe an der Schulter.

»Zum Teufel, das könnte tatsächlich passen. Aber das ist doch verrückt.« Maria stimmte ihrem Kollegen schweigend zu.

Kurz darauf suchten sie Sebastian in seiner Schaltzentrale auf.

»Puh, das hört sich befremdlich an«, sagte er nur, nachdem auch er die Fotos miteinander verglichen hatte.

»Warum wusstest du eigentlich nichts von dem Fall? Beziehungsweise, warum hat der Computer dazu nichts ausgespuckt, als du die Daten der Wasserleiche eingegeben hast?« Sebastian runzelte die Stirn und schaute nochmal in die Akte Swea Hendrickson. Er tippte mit dem Finger auf eine Spalte.

»Hier«, sagte er, »zu der Zeit, als die Meldung reinkam, war ich auf einer Fortbildung in Hannover.« Er erklärte weiter: »Ich habe in der Anfrage den Computer angewiesen, auf offene Fälle und auf solche zuzugreifen, denen eine Straftat zu Grunde lag.«

»Das erklärt auch, warum Dr. Hallig nichts davon wusste. Er hätte es sicher gemerkt, wenn er dieselbe Leiche schonmal auf dem Seziertisch gehabt hätte«, folgerte Maria.

»Genau. Da aber im Krankenhaus ein natürlicher Tod festgestellt wurde, gab es keine Autopsie in der Rechtsmedizin und in der Folge wurde dementsprechend die Vermisstenakte geschlossen.«

»Na ja, es ist wie es ist«, sagte sie. »Kannst du herausbekommen, wo und wann Swea Hendrickson operiert wurde?« Sebastian grinste verschlagen.

»Maria, ich bitte dich.« Er drehte sich auf seinem Stuhl zu einem seiner Computer und ließ seine Finger über die Tastatur fliegen. »Gebt mir eine halbe Stunde. Ihr könnt solange einen Kaffee trinken gehen und euch überlegen, was ihr den Eltern sagen wollt, wenn sie es tatsächlich sein sollte.« Er atmete laut aus und fügte mehr für sich selbst hinzu: »Ich bin heilfroh, dass ich sowas nicht tun muss.«

***

Wie erwartet, kam er schon nach fünfundzwanzig Minuten zu den beiden und wie so oft wedelte er auch diesmal mit einigen losen Zetteln.

»Bingo«, sagte er. »Sie wurde im August 2016 im Klinikum Emden nach einer Sportverletzung chirurgisch an der Schulter versorgt. Ich habe mir erlaubt, Dr. Hallig darüber zu informieren. Er sagte, er würde sich mit den Kollegen im Krankenhaus kurzschließen und sobald er Bescheid weiß, will er sich bei euch melden.«

»Sehr gut, Basti«, lobte Maria. »Einerseits wäre es ja schön, wenn wir Gewissheit hätten, andererseits weiß ich nicht, wie wir das den Eltern schonend beibringen sollten.« Zwar war sie aus Überzeugung kinderlos geblieben, doch sie konnte sich annähernd vorstellen, wie schrecklich es für Eltern sein musste, wenn sie mit so einer Situation konfrontiert werden, während sie gerade versuchen, den Tod ihres Kindes zu verarbeiten.

»Falls sie es ist«, begann Goselüschen, »werden wir nicht ohne eine Psychologin zu den Eltern fahren, das ist wohl klar.« Maria nickte nachdenklich.

***

Wenige Stunden später riss das Läuten des Telefons Maria aus ihren Gedanken.

»Moin, Doc. Konnten Sie etwas in Erfahrung bringen?«

»Moin nach Aurich«, erwiderte er deutlich über den Lautsprecher hörbar. »Wir haben Glück. Zwar liegen dem Emder Klinikum keine DNA-Ergebnisse vor, die benötigen wir jedoch auch nicht. Freundlicherweise ließen mir die Kollegen einige prä- und postoperative CT- und Röntgenaufnahmen von Swea Hendrickson zukommen. Anhand der Knochenstruktur und der Lage ihrer Fraktur kann ich zweifelsfrei sagen, dass es sich um dieselbe Person handelt, die aus dem Wasser geborgen wurde.«

»Das kommt zwar nicht überraschend«, sagte Goselüschen, »aber es wirft momentan mehr Fragen auf, als es beantwortet.«

»Das zu klären ist Ihr Metier, Herr Goselüschen. Ich sende Ihnen später alles nochmal offiziell per E-Mail.«

»Danke bis hierhin«, sagte Maria und beendete nach einer Erwiderung Dr. Halligs das Gespräch. Goselüschen zog die Augenbrauen hoch und kaute auf seiner Unterlippe.

»Puh, was sollen wir jetzt damit anfangen?«

»Gute Frage, Gose, gute Frage. Mich interessiert erstmal brennend, wer anstelle der Hendrickson im Sarg liegt.«

»Falls überhaupt jemand drinliegt. Wer weiß, vielleicht wurde sie nach der Beisetzung ausgebuddelt.«

»Warum sollte man so etwas tun?«

»Warum klaut man überhaupt Leichen? Wer weiß, Maria, vielleicht gibt es hier in der Gegend jemanden, der auf Dr. Frankensteins Spuren wandelt und an Leichen herumbastelt. Das würde auch erklären, warum der Kopf unserer fehlte.«

»Oder extremer jugendlicher Übermut, sich den Kick holen, indem man eine Leiche klaut.«

»Sexuelle Hintergründe können wir ebenfalls nicht ausschließen – wobei ich diese nekrophilen Freaks nie verstehen werde.« Goselüschen verzog angewidert das Gesicht. »Allerdings kann ich die anderen Gründe ebenfalls nicht nachvollziehen.«

»Was wir noch in Betracht ziehen können, ist, dass jemand jegliche Beweise vernichten wollte, die bei einer Exhumierung der Leiche ans Licht hätten kommen können.«

»Na, wenn sie schon six feet under ist, sollte man sich darüber doch keinen Kopf mehr machen. Ich meine, wenn ich als Mörder oder Vergewaltiger Angst habe, Spuren zu hinterlassen, beseitige ich die Leiche doch, bevor sie in die Hände der Rechtsmedizin geraten kann.« Maria blickte aus dem Fenster auf den Parkplatz, auf dem sauber aufgereiht fünf Streifenwagen nebeneinanderstanden.

»Vielleicht wurde er dabei unterbrochen und kam nicht mehr dazu, die Leiche zu beseitigen.«

»Nein, nein, Maria. Was wir nicht bedenken, ist, dass Swea Hendrickson nachweislich an den Folgen einer Unterzuckerung gestorben ist und noch lebte, als sie ins Krankenhaus gebracht wurde.« Maria sprang auf und ging zur Tür. Sie bedeutete ihrem Kollegen, ihr zu folgen. »Was ist los?«

»Ich denke, wir sollten uns nochmal mit Karl-Heinz darüber unterhalten.«

»Der ist vorhin gerade weg zu einer Befragung, hab ich mitbekommen.« Maria drehte sich in der Tür halb um.

»Dann flitz ich mal zu der Dünemann und besorge uns einen Beschluss für die Exhumierung.« Kaum ausgesprochen eilte sie den Korridor hinunter und klopfte bei ihrer Dienststellenleiterin an.

Es brauchte wenig, um ihre Chefin von den Ungereimtheiten und der Notwendigkeit dieser Maßnahme zu überzeugen. Sie würde sich darum kümmern und ihr Bescheid geben, sobald sie grünes Licht hätten. Bei Verlassen des Büros stieß sie fast mit Waldner zusammen, der gestresst aussah und nicht auf sie geachtet hatte.

»Immer langsam, Karl-Heinz«, sagte sie und lachte.

»Sorry, ich war etwas abwesend.«

»Warte«, sagte sie und hielt ihn am Ellbogen fest, bevor er weitergehen konnte. »Hast du kurz Zeit? Wir haben ein paar Fragen wegen unseres Falles.« Waldner stöhnte auf, warf einen Blick auf seine Uhr und antwortete:

»Ein paar Minuten habe ich. In einer halben Stunde muss ich aber los – Zeugenaussage beim Amtsgericht.«

»Das sollte reichen.«

Kapitel 6

»Das ist ja unglaublich«, sagte Waldner fassungslos, nachdem er von der jüngsten Entwicklung in Kenntnis gesetzt worden war. »Ich brauche einen Kaffee – eigentlich bräuchte ich einen Schnaps – aber ein Kaffee muss es auch tun.« Er wandte sich zu der Ecke seines Büros, in der Tassen und eine Espressomaschine standen. »Wollt ihr auch einen?«

»Nein, danke«, sagte Maria, während Goselüschen antwortete, dass er niemals zu einem Kaffee nein sagen würde. Waldner schob seinem Kollegen einen hinüber, darauf setzte er sich mit seiner Tasse in der Hand zu den beiden in die kleine Sitzecke neben dem Drucker.

»Auch wenn das alles echt krank ist, sehe ich momentan nicht, wo ihr einen Fall habt. Ich meine, Störung der Leichenruhe, Vandalismus, vielleicht noch Umweltverschmutzung wegen der Entsorgung der Leiche in der Nordsee – das sind doch eher Sachen für das Ordnungsamt oder die Kollegen von der Schutzpolizei – aber doch nicht für unser Fachkommissariat.«

»Das kommt zum einen darauf an, was wir bei der Exhumierung vorfinden«, begann Maria, »und zum anderen darauf, wie wir die alte Akte bewerten.« Waldner schaute argwöhnisch.

»Was meinst du damit? Wie würdest du die Akte denn bewerten?«, fragte er mit einem leicht aggressiven Unterton. Goselüschen schlug den Ordner auf und überflog ein paar Seiten.

»Laut der Aufzeichnung ging der erste Notruf anonym bei der Leitzentrale ein. Eine Viertelstunde später gab es einen zweiten von den Ersthelfern, die am Wohnwagen vorbeispaziert waren und die krampfende Hendrickson durch einen Blick ins Fenster entdeckt hatten.«

»Und weiter?«, fragte Waldner. »Vielleicht war es ein Jugendlicher, der Angst vor einer Strafe hatte, weil er nicht vor Ort geblieben war oder weil er in den Wohnwagen einsteigen wollte.«

»Das ist die logischste Erklärung«, pflichtete Maria ihm bei. »Aber was ist, wenn er sie kannte oder sogar mit ihr zusammen abgehauen war?«

»Kann ja alles sein«, sagte Waldner und wurde zunehmend abweisender. »Aber was bitte ändert das am natürlichen Tod des Mädchens? Es gab keinen, ich betone, absolut keinen Hinweis auf Gewaltanwendung. Im Wohnwagen haben wir lediglich ihren Schlafsack, ihr Insulin-Spritzenset, einige Hygieneartikel und neben halbvollen Cola- und Wodkaflaschen ein paar Müsliriegel und die Reste von Dosenravioli gefunden.« Maria durchschoss es wie ein Stromstoß.

»Müsliriegel?«

»Ja, Müsliriegel«, antwortete er in einem Ton, als ob Maria begriffsstutzig wäre. Doch plötzlich änderte sich sein Gesichtsausdruck. »Verdammt, wie konnten wir das übersehen?«, sagte er mit vor Ironie tropfender Stimme.

»Ich denke, wir haben einen Fall«, sagte Goselüschen, Waldners Ton ignorierend. »Niemand leidet an einer Unterzuckerung, wenn Cola und Süßkram in greifbarer Nähe herumliegen.«

»Es sei denn —«, begann Maria.

»Jemand hindert sie, dranzukommen«, ergänzte Goselüschen.

»Vergesst aber nicht, dass sie sich auch mit dem Wodka weggeballert haben kann. Dazu braucht es niemand anderen.«

»Stimmt schon, Karl-Heinz, aber laut Krankenhausbericht hatte sie bei ihrer Einlieferung einen Blutalkoholgehalt von 0,7 Promille. Das ist nicht gerade ein Vollrausch.«

»Bei dir oder mir nicht«, entgegnete Waldner seinem Kollegen, »aber das Püppchen wog knapp 50 Kilogramm und möglicherweise war sie noch keine geübte Trinkerin.« Er blickte von Gose zu Maria: »Tut mir leid, aber ich sehe da nach wie vor keinen Fall. Das ist doch alles Stochern in trüben Gewässern.«

Maria schaute ihrerseits zwischen den beiden hin und her.

»Das alles gilt es herauszufinden und zu klären.«

»Ihr habt ja die Akte. Ich muss jetzt auch los. Kann ich davon ausgehen, dass ihr dranbleibt? Mein aktueller Fall ist nämlich gerade sehr zeitaufwendig.« Er betonte das Wort Fall besonders. Goselüschen packte die Unterlagen zusammen und erhob sich.

»Kein Thema, wir sind ja eh gerade dran. Falls wir noch Fragen haben, wissen wir, wo wir dich zu packen kriegen. Und Karl-Heinz —.«

»Ja?«, erwiderte dieser genervt.

»Du weißt, wie viele Runden auf dich gehen, sollte sich daraus etwas entwickeln?« Waldner schüttelte den Kopf und stapfte wortlos davon.

***

Beflügelt von den neuen Erkenntnissen machten sich Maria und Goselüschen an die Arbeit. Sie hatten Einiges herausgefunden, dem es nachzugehen galt, auch wenn bisher nicht der große Aha-Effekt eingetreten war.

»Wie wollen wir vorgehen?«

»Hm, ich denke, wir sollten uns als Erstes mit den Eltern des Mädchens unterhalten«, antwortete sie.

»Die müssen wir eh informieren – wegen der Exhumierung.«

»Jo. Wir sollten in Erfahrung bringen, wem der Wohnwagen gehört und ob jemand der anderen Gäste Swea Hendrickson dort gesehen hat, bestenfalls in Begleitung.«

»Heute können wir den Campingplatz vergessen, wenn wir nicht auf der Insel übernachten wollen.« Goselüschen pustete eine Strähne von der Stirn. »Ich fahr wohl gleich morgen früh rüber, dann könntest du die Sache auf dem Friedhof vorantreiben.«

»Is klar, du willst dich doch nur vor dem Gespräch mit den Eltern drücken.« Maria schüttelte tadelnd den Kopf. Zwar gab es immer wieder spielerische Scharmützel zwischen ihnen, wer solche Gespräche führen sollte, doch über die Jahre ihrer beruflichen Partnerschaft hatte sich herauskristallisiert, dass Maria dafür geeigneter war. Ihr mitfühlendes Wesen war hilfreicher, wenn es darum ging, neue Hinweise oder Erkenntnisse über die Gespräche mit Angehörigen zu gewinnen, als seine eher schroff wirkende Art. »Aber gut, lass uns das so machen. Ich gestehe, dass ich eh keine Lust auf die Fähre habe.«

»Dann sind wir uns doch einig«, sagte er und zwinkerte ihr zu.

Kapitel 7

Zusammen mit der Psychologin Dorothea Wagner machte sich Maria am nächsten Morgen auf den Weg zum Elternhaus von Swea Hendrickson.

»Ich bin froh, dass Sie dabei sind und auch, dass Sie die Hendricksons kennen«, sagte Maria, während sie den Wagen über die Landstraße in Richtung Greetsiel lenkte. Die Psychologin unterstützte die Eltern bereits seit dem Tod ihrer Tochter und half ihnen bei ihrer Trauerarbeit.

»Das wird sehr aufwühlend für sie.« Die etwa 50-jährige Therapeutin schaute aus dem Beifahrerfenster, als würde sie die vorbeifliegenden Bäume zählen, die alle paar Meter am Straßenrand gepflanzt worden waren.

»Ich mag mir gar nicht vorstellen, was so etwas mit einem macht.«

»Es gibt verschiedene Arten der Bewältigung und es benötigt viel Zeit, da durchzugehen. Möglicherweise ist es sogar besser, dass es jetzt passiert ist, als wenn die Leiche in ein paar Jahren angeschwemmt worden wäre – aber es wird auf jeden Fall ein weiterer Schlag für die Eltern.« Das allerdings konnte sich Maria sehr gut vorstellen. Sie nickte, während sie einen Traktor überholte, der zwei Anhänger hinter sich herzog.

»Daran können wir leider nichts ändern.« Sie warf einen Blick über die Schulter und lenkte den Wagen wieder auf die rechte Spur. Die Psychologin folgte

Marias Blick, als würde sie an ihren Fahrkünsten zweifeln, räusperte sich und sagte:

»Nein. Was ich Ihnen noch sagen muss: Wundern Sie sich gleich nicht über Frau Hendrickson. Sie versucht zwanghaft, nach außen hin Normalität vorzutäuschen.« Maria nickte, hatte aber keine konkrete Ahnung, worauf sie sich gefasst machen müsste.

Sie parkten vor dem Haus der Hendricksons am Straßenrand. Es lag ein paar hundert Meter außerhalb des kleinen Ortes direkt am Störtebekerkanal.

Der Vorgarten des Einfamilienhauses hinter dem makellosen Holzzaun schien frisch gejätet worden zu sein. Insgesamt, so fiel Maria auf, machte das Grundstück einen tadellosen Eindruck, genau wie die offen stehende Garage, an der jedes Teil seinen festen Platz zu haben schien. Es machte sie traurig, als sie darüber nachdachte, dass sich die Eltern möglicherweise durch intensive Garten- und Hausarbeit nur von ihrem Verlust abzulenken versuchten. So wie es eine Zeit lang bei ihrem eigenen Vater gewesen war, nachdem ihre Mutter früh, viel zu früh, verstorben war. Doch sie schaffte es damals gemeinsam mit ihrem Bruder, ihm den Halt und die nötige Kraft zu geben, nach vorne zu schauen. Und so fand auch er, nachdem er wochenlang das ganze Haus und Grundstück in der Nähe Visbeks grundsaniert hatte, wieder Anschluss an das gesellschaftliche Leben in seiner Heimat und war mittlerweile wieder, wie früher, Marias Fels in der Brandung.

Die Fußmatte auf dem Tritt vor der Haustür begrüßte die beiden mit einem Moin. Maria atmete tief durch und drückte dann auf die Klingel, worauf ein helles Läuten erklang, das sie unwillkürlich an ein Triangelspiel erinnerte.

Sie hörten herannahende Schritte hinter der Tür. Im nächsten Moment öffnete ihnen eine stark geschminkte, brünette Frau, die Maria kaum älter als sich selbst schätzte, mit einem Lächeln und winkte sie überschwänglich hinein.

»Oh, moin Frau Wagner, haben wir heute einen Termin? Mein Mann ist noch nicht daheim. Und wer ist denn Ihre nette Begleitung?« Sie trat zur Seite und führte ihren Besuch ins Wohnzimmer. Sofort fiel Maria der Schrein auf der gegenüberliegenden Seite auf. Brennende Kerzen standen im Wechsel mit gerahmten Bildern auf der Anrichte und darüber hingen bestimmt über zwanzig Fotos an der Wand, von denen eine fröhliche Swea in die Kamera lächelte. Auffällig war, dass Swea auf keinem der Bilder älter als vielleicht zwölf oder dreizehn war. »Möchten Sie einen Tee?«, wollte Marlene Hendrickson wissen und mittlerweile hatte Maria begriffen, was die Therapeutin vorhin gemeint hatte. »Ach, natürlich. Ich mache schnell welchen. Setzen Sie sich doch schon mal.« Maria war erleichtert, als sie mit Dorothea Wagner allein im Wohnzimmer blieb.

»Kommt sowas öfter vor?« Maria deutete mit dem Kopf in Richtung des Flures, in den die Hausherrin gerade davongeeilt war. Dorothea nahm auf einem Sessel Platz und wartete, bis Maria auch saß.

»Nicht sehr oft, aber es ist nicht ungewöhnlich. Das ist eine der Nebenwirkungen der Tabletten. Sobald die

Wirkung nachlässt, ist es wie ein kalter Entzug. Einige Betroffene lassen es dann langsam ausschleichen – andere, wie Frau Hendrickson, werfen sofort nach. Nicht selten mündet der Verlust eines geliebten Menschen in eine Abhängigkeit. Mal sind es Tabletten, mal ist es der Alkohol.«

»Ja«, sagte Maria. »Tragisch.« Sie dachte erneut an den Tod ihrer Mutter und machte gedanklich drei Kreuze, dass ihr Vater weder zum einen noch zum anderen gegriffen hatte. Sie selbst hingegen hatte vor einiger Zeit eine Phase durchlebt, in der sie sich täglich mit harten Spirituosen betäubt hatte und wusste seitdem zu gut, dass Alkohol keine Lösung bot, sondern nur weitere Probleme schuf.

»Ja, in der Tat. Aber ich verantworte in so einem Fall lieber eine Abhängigkeit, die man wieder in den Griff bekommen kann. Andernfalls besteht eine nicht zu unterschätzende Suizidgefahr. Gerade beim Verlust des eigenen Kindes.« Und wieder einmal war Maria darüber froh, dass sie keine hatte.

***

Goselüschen beobachtete lächelnd, wie der Bug der Fähre sich durch das Wasser brach. Als Jugendlicher hatte er seinen Vater oft auf dessen Sportsegelboot begleitet. Mit Wehmut dachte er an diese unbekümmerte Zeit zurück. Die Welt schien damals in Ostfriesland noch in Ordnung gewesen zu sein. Man musste sein Haus nicht abschließen, kannte die Nachbarn, Helmut Schmidt war Bundeskanzler, Otto Waalkes sorgte mit seinem unverwechselbaren Humor für überregionale Bekanntheit seiner Heimat, der erste Mensch betrat den Mond, der Bomber der Nation schoss Deutschland zum Fußball-Weltmeister gegen die Kaasköppe und die spätere Wiedervereinigung mit der ehemaligen DDR deutete auf weitere Goldene Zeiten hin – blühende Landschaften nannte es der damalige Bundeskanzler Kohl, worüber Jahre später noch gelacht wurde, erinnerte er sich.

Mittlerweile wusste er natürlich, dass man die Vergangenheit gern mit verklärtem Blick betrachtete, denn auch früher war beileibe nicht alles Aurum, was glänzte. Diese Erkenntnis hatte er bereits in den ersten Dienstjahren gewinnen können, als er aus reinem Interesse die Kriminalitätsstatistiken seiner Heimat recherchiert hatte: Halunken und Schweinepriester gab es immer schon, nur gingen diese damals nicht so einfach über Leichen, wie es heute der Fall war. Die Hemmschwelle gegenüber unverhältnismäßiger Gewalt war deutlich gesunken. Was sich ebenfalls geändert hatte, war die schnelle, aber oft nicht fundierte Informationsflut – gerade durch das Internet, was mittlerweile Staatsregierungen stürzen, Wahlen massiv beeinflussen und gewalttätige Ausschreitungen heraufbeschwören konnte.

Bevor er ihnen jedoch weiter nachhängen konnte, riss ihn die Ansage des Kapitäns aus seinen Gedanken. Die Fähre würde in wenigen Minuten anlegen. Er bedankte sich im Namen der Crew und des Fährunternehmens und wünschte allen einen schönen Aufenthalt auf der Insel.

»Danke, das wird sicher sehr entspannend«, antwortete Goselüschen dem Lautsprecher über ihm.

Wenige Minuten später hatte er den festen Boden Norderneys unter seinen Füßen. Zeit war Steuergeld, dachte er sich und peilte den nächstgelegenen Fahrradverleih an. Es war schließlich ein gutes Stück bis zum Campingplatz. Er entschied sich für ein einfaches Herrentourenrad, schob dem Vermieter einen Zwanzig-Euroschein hin und schwang sich in den Sattel.

**

Innerhalb weniger Augenblicke brach Marlene Hendricksons Fassade in sich zusammen wie das Strohhaus des ersten Schweinchens, nachdem der Wolf es umgepustet hatte. Sie schluchzte und Maria bekam kurz Sorge, sie würde hyperventilieren. Dorothea Wagner ergriff die Initiative, setzte sich neben die Hausherrin, welcher gerade die schreckliche Nachricht mitgeteilt worden war, und legte ihren Arm um die Frau, die am ganzen Körper zitterte.

»Das ..., warum?«, stammelte sie. »Ich verstehe das nicht.«

»Atmen Sie durch«, beruhigte sie die Therapeutin und strich mit ihrer Hand über deren Rücken. »Das ist für Sie natürlich –.«

»Was ist hier schon wieder los? Können Sie uns nicht einfach in Frieden lassen?«, dröhnte plötzlich eine Männerstimme in Marias Ohren. Sie zuckte zusammen und wandte sich zu dem Mann, der hinter ihnen im Türrahmen stand. Sie hatte sich auf die

Mutter konzentriert und nicht wahrgenommen, dass sich jemand weiteres im Zimmer aufhielt. Sie erhob sich und ging auf ihn zu.

»Sie sind sicher Herr Hendrickson«, sagte sie, nachdem sie ihn auf einigen Fotos zuvor gesehen hatte. »Würden Sie sich bitte setzen?« Er verschränkte seine Arme und drückte seinen Rücken durch.

»Nein danke, ich stehe lieber. Worum geht es nun schon wieder?« Was ist mit dem denn los?, fragte sich Maria, blieb jedoch ruhig.

»Es geht um Ihre Tochter Swea –.«

»Stieftochter«, unterbrach er sie. Maria blickte fragend zur Psychologin, die unmerklich mit den Schultern zuckte. Das hätte sie mir gern vorher sagen dürfen.

»Gut, dann Stieftochter«, lenkte sie ein. »Herr Hendrickson, haben Sie zufällig von der Leiche gehört, die vor einigen Tagen vor Bensersiel angeschwemmt wurde?« Jetzt war er es, der kurz die Schultern hob und wieder fallen ließ.

»Stand ja in genügend Zeitungen. Was geht uns das an?«

»Herr Hendrickson, wir sind sicher, dass es sich dabei um Ihre Tochter – Stieftochter handelt.« Marlene Hendrickson brach erwartungsgemäß erneut in lautes Schluchzen aus. Die Reaktion des Hausherren überraschte Maria hingegen sehr.

»Sind Sie sicher?« Maria nickte. »Das ist typisch für dieses Gör.« Er lachte bitter auf. »Die macht uns auch nach ihrem Tod das Leben schwer.«

Marlene Hendrickson sprang auf und rannte heulend an ihrem Mann vorbei aus dem Zimmer. Nach einem Blickwechsel mit Maria folgte ihr die Psychologin und ließ sie mit dem Stiefvater allein. Maria war perplex, mit so einer Aussage hätte sie nie gerechnet.

»Würden Sie mir das bitte erläutern?« Traurige Nachrichten zu überbringen gehörte zu den Dingen, die Maria an ihrem Job am wenigsten mochte, aber in diesem Fall überwog ihre Neugierde. Hendrickson zog sich einen Esszimmerstuhl heran und ließ sich darauf fallen.

»Wie viel Zeit haben Sie?«, fragte er, als wollte er zu einem stundenlangen Vortrag ausholen.

»So viel wie notwendig.«

In den folgenden Minuten erfuhr sie nicht nur, dass der leibliche Vater Sweas vor vielen Jahren verstorben war und dass ihre Mutter Dirk Hendrickson geheiratet hatte, als sie sieben Jahre alt war, sondern auch, dass sich Swea mit Beginn ihrer Pubertät angeblich zu einer anstrengenden Jugendlichen entwickelt hatte, die weder ihre Mutter und erst recht nicht ihren Stiefvater respektierte.

»Dann ist sie also schon öfter abgehauen?«

»Seit sie 13 ist, hat sie gemacht, was sie wollte. Schule schwänzen und aufsässiges Verhalten gegenüber ihren Lehrern eingeschlossen. Sie war öfter bis in die späten Abendstunden weg oder blieb über Nacht bei ihrer Freundin.«

»Aber sie haben es vorher nie der Polizei gemeldet, wenn sie abgehauen ist?«

»Nein, weil wir meist mit einem Anruf herausbekommen haben, wo sie steckte. Und meine Frau wollte möglichst allen Stresssituationen mit Swea aus dem Weg gehen.« Wieder lachte er humorlos auf. »Wenn es nach mir gegangen wäre, hätten wir sie längst auf ein Internat geschickt.«

»Wie ist der Name ihrer Freundin?«

»Die, bei der sie öfters abgehangen hat? Pauline Schröter – warten Sie, ich schreib Ihnen eben die Adresse auf.« Er verließ das Wohnzimmer und kehrte mit einem Zettel in der Hand zurück, den er Maria überreichte. Sie warf einen Blick darauf und beschloss, dem Mädchen gleich im Anschluss einen Besuch abzustatten.

»Und bei ihrem letzten Verschwinden war das anders? Schließlich haben Sie diesmal die Polizei informiert.«

»Ja, Pauline wusste nicht, wo sie war und in diesem Zentrum für kaputte Jugendliche, wo sie sonst immer rumgelungert hat, wussten sie auch nichts. Obwohl sie ja in einem Wohnwagen von denen gefunden wurde.« Maria spürte, wie der anfängliche Zorn des Mannes wich und einer Traurigkeit Platz machte, die sie eigentlich von Beginn an erwartet hatte. Seine Stimme wurde zusehends leiser und dünner. Die Äußerung bezüglich des Jugendzentrums machte sie allerdings hellhörig.

»Von welchem Zentrum reden wir?«, hakte sie nach.

»Na, das in Norden. Direkt neben dem ostfriesischen Teemuseum. Ist so eine Wohnanlage für schwer erziehbare Jugendliche, genau weiß ich das nicht. Da fühlte sie sich scheinbar wohl unter den Gleichgesinnten.«

»Und denen gehört der Wohnwagen, in dem Swea aufgefunden wurde?« Hendrickson nickte.

»Aber fragen Sie mich nicht, warum und was die damit wollen.«

Im Verlauf des Gesprächs versorgte er Maria mit weiteren Details über das Benehmen seiner Stieftochter und die dadurch entstandenen Schwierigkeiten innerhalb ihrer Familie.

»Herr Hendrickson, eine Sache muss ich Sie noch fragen: Hat Swea jemals Selbstmordgedanken geäußert? Oder können Sie sich einen Grund vorstellen, weshalb sie ihrem Leben absichtlich ein Ende gesetzt haben könnte?« Er schüttelte bedächtig den Kopf und antwortete überzeugt:

»Nein, Frau Kommissar. Swea mag vieles gewesen sein, aufmüpfig, trotzig, nervenaufreibend und vieles mehr. Aber lebensmüde war sie auf keinen Fall.«

»Ihre Frau schläft jetzt«, sagte Dorothea Wagner, die plötzlich im Türrahmen stand.

»Danke«, erwiderte er knapp. Maria erhob sich und gab ihm die Hand.

»Also, Sie wissen Bescheid: Um 14 Uhr werden wir die Exhumierung vornehmen lassen – falls Sie oder Ihre Frau dabei sein möchten«, wiederholte sie, was sie ihm während des Gesprächs schon mitgeteilt hatte. Er stöhnte auf.

»Ich möchte nicht dabei sein und ich kann es mir bei meiner Frau ebenfalls nicht vorstellen. Aber trotzdem danke für die Information.« Mit gemischten Gefühlen stieg Maria in den Wagen und fuhr los.

»Wussten Sie, dass er der Stiefvater ist?«, wollte sie von der Therapeutin wissen. Diese räusperte sich.

»Ja, aber ich hielt es nicht für wichtig. So wie heute habe ich die beiden allerdings auch noch nicht erlebt.« Insgeheim beruhigte es Maria, dass auch Profis immer mal wieder überrascht werden konnten.

»Das wundert mich nicht. So eine Nachricht kann einen schon aus der Bahn werfen.« Maria schaute auf die Uhr neben dem Tachometer. »Ich habe noch zwei Termine in Norden. Wo soll ich Sie absetzen?«

»Machen Sie sich keine Umstände, ich nehme von dort den Bus nach Aurich. Dann habe ich etwas Zeit unterwegs, um Papierkram zu erledigen.«

＊

Zufrieden mit seiner Entscheidung, vermehrt auf das Fahrrad umzusteigen, die er vor einigen Monaten im Hinblick auf seine desolate Fitness getroffen hatte, erreichte Goselüschen den Campingplatz, ohne direkt ein Sauerstoffzelt aufsuchen zu müssen.

»Ja, ich erinnere mich daran«, sagte die ältere Dame an der Rezeption. »Das war wirklich sehr traurig mit dem armen Ding. Und für unseren Ruf war es natürlich auch nicht gerade gut, dass hier so viel Polizei und Rettungskräfte rumliefen.« Ja, dachte er, das ist natürlich das Wichtigste, worüber man sich Sorgen machen sollte.

»Könnten Sie mir sagen, wem der Caravan gehört und wer an diesem Tag hier auf dem Platz war?«

»Einen Moment, Herr Kommissar.« Sie blätterte ein paar Seiten in einem dunkelgrünen Buch um. »Hier haben wir es: Für den Stellplatz bezahlt die Stiftung für gestrandete Jugendliche aus Norden.« Goselüschen notierte diese Information in seinem Block. Sie durchforstete das Buch weiter und nannte ihm die Namen der Urlauber, die am Todestag Swea Hendricksons anwesend waren.

»Waren tatsächlich nur fünf weitere Leute hier an dem Tag?«

»Nun, Herr Kommissar, wir haben über hundert Stellplätze und machen keine Kontrollgänge, aber jeder, der sich anmeldet, wird hier natürlich vermerkt.«

»Okay, und diese beiden hier haben das Mädchen gefunden?« Er tippte auf die Namen, die er aufgeschrieben hatte. Die Dame nickte.

»Und Sie haben Glück, denn die beiden sind heute auch hier. Jedenfalls stehen sie hier drin.«

Goselüschen ließ sich erklären, wo er die besagten Gäste und den Wohnwagen der Jugendstiftung finden würde, und folgte dem beschriebenen Weg, vorbei an frischgemähten Karrees und auf Hochglanz gereinigten Wohnwagen, vor denen in den meisten Fällen ein genauso großes Vorzelt angebaut war. Er versprach sich keine neuen Erkenntnisse, dennoch wollte er einen Blick auf die Behausung werfen, um ein Gefühl für die Gesamtsituation zu bekommen. Kriminaltechnisch würde es auch nichts Neues ergeben, war er sicher, denn laut Aussage der Rezeptionistin war die

Unterkunft auf Rädern in der Zwischenzeit von anderen Jugendlichen genutzt und mit Spuren verseucht worden.

Es überraschte ihn nicht, dass er ihn in einem deutlich schlechteren Zustand vorfand, als alle anderen hier abgestellten Wagen. Die Scheiben waren schlierig, das Gras um das teilweise eingerissene Vorzelt spross ungehindert in Richtung Himmel. »Ein Wunder, dass die hier noch nicht runtergeflogen sind«, sagte Goselüschen leise, nachdem er sich das Objekt von allen Seiten angesehen hatte. Er warf einen Blick auf seinen Notizblock. Die Leute, die den Notarzt alarmiert hatten, residierten in der nächsten Reihe.

Das Rentnerehepaar aus Gelsenkirchen begrüßte ihn wie einen alten Bekannten, wie er es auf früheren Stippvisiten im Ruhrpott häufiger erlebt hatte. Der Menschenschlag dort unterschied sich doch deutlich von den eher sturen Nordlichtern. Ehe er sich versah, hatte ihm Ernst Bukowski eine Dose Bier in die Hand gedrückt und ihn auf einen Campingstuhl genötigt.

»Ja, dat is wat Schlimmes mit dem Mädchen«, sagte er, während er mit Goselüschen anstieß. »Aber wat interessiert euch dat bei die Kripo?«

Die Augen der Rentner wurden immer größer, je mehr er ihnen berichtete, und sie zeigten absolutes Verständnis dafür, dass bei den vorliegenden Tatsachen eine erneute Ermittlung unternommen werden musste. Leider hatten sie Swea Hendrickson nicht auf dem Platz wahrgenommen und ihnen war auch niemand in der Nähe des Caravans aufgefallen, bevor sie

durch die stöhnenden Geräusche auf das kranke Mädchen aufmerksam geworden waren.

»Also nochmal: Außer den Rettungskräften und der
Dame von der Rezeption hielt sich niemand in der
Nähe auf? Keine Schaulustigen, die durch den Kran-
kenwagen angelockt wurden?« Das Paar schaute sich
an und beide schüttelten den Kopf.

»Nein – dat heißt, warte doch ma, Ernst, der Torkel
war doch da, und wollte doch wissen, wat dat alles
war.«

»Da sagse wat, Liebes.« Er richtete sich wieder an
den Kommissar. »Der Helmut Torkel aus Bottrop war
noch da, aber erst später, wie schon meine Perle dat
sachte.« Goselüschen stutzte, hatte er diesen Namen
doch an der Rezeption nicht genannt bekommen.
Glücklicherweise konnten ihm die Bukowskis sowohl
die Adresse als auch die Telefonnummer des mög-
lichen Zeugen geben. Er setzte die Dose an und leerte
die zweite Hälfte in einem Zug, bevor er sich von den
beiden verabschiedete und sich auf seinem Rad auf
den Weg zum Hafen zurückmachte.

Kapitel 8

Leichter Nieselregen, der aus der dichten Wolken-
decke auf Norden in Ostfriesland fiel, unterstrich die
bedrückende Atmosphäre auf dem Friedhof. Außer
Maria, die neben der auszuhebenden Grabstelle den
Fortschritt des Minibaggers beobachtete, waren Staatsanwalt Oldenberger, einige Kollegen der Spurensicherung und ein Mitarbeiter der Friedhofsverwaltung
zugegen. Die Eltern waren nicht erschienen, was Maria
erleichtert zur Kenntnis nahm. Vor einer Stunde hatte
der Stiefvater sie angerufen und darum gebeten, dass
sie ihnen im Anschluss mitteilen möge, was bei der
Exhumierung ans Tageslicht gebracht worden war.
Maria versprach, dieser Bitte gerne nachzukommen.

Immer tiefer fraß sich die stählerne Schaufel in den
feuchten Mutterboden und der Sandhügel hinter der
Grabstelle hatte mittlerweile Hüfthöhe erreicht.

»Was glauben Sie wird uns gleich offenbart?« Die
Stimme des Staatsanwaltes, die durch den Dialekt fast
bei jedem Satz verriet, dass er aus dem Hamburger
Raum stammte, ließ Maria zusammenzucken. Sie rieb
sich die Hände, die vom Regen und dem böigen Wind
klamm geworden waren.

»Ich glaube gar nichts, aber ich hoffe inständig, dass
keine weitere Leiche im Sarg sein wird.«

»Da bin ich vollkommen bei Ihnen, Frau Fortmann.
Obwohl es auch ohne eine sehr skurrile Situation ist.«

Ein scharrendes Geräusch unterbrach ihr Gespräch.
Maria trat einen Schritt vor, um in das Loch hinunter-

sehen zu können, da erschien bereits der Baggerführer, der von seinem Gerät gesprungen war.

»Ich bin tief genug, den Rest muss ich mit der Schaufel erledigen«, merkte dieser kurz an und ließ sich in die Grube gleiten. Vorsichtig hob er den letzten Sand aus, der den Blick auf den Sargdeckel verbarg. Nach etwa zehn Minuten hatte er ihn komplett freigelegt, spannte einen Gurt darum, den er an der Schaufel seines Baggers befestigte, hob den Sarg aus der Grube und stellte ihn vorsichtig daneben ab. Wieder sprang er von seinem Gefährt und warf einen fragenden Blick zu Maria und dem Staatsanwalt. Er verharrte nun neben dem Eichenholzsarg, dessen sechs Messingbeschläge glänzten wie frisch ausgegrabene Goldnuggets. »Soll ich ihn jetzt öffnen?« Maria und Staatsanwalt Oldenberger wechselten einen Blick, worauf dieser nickend erwiderte:

»Ja, tun Sie es.« Der Arbeiter hockte sich hin und mit geübten Bewegungen hatte er schnell die Drehschnappverschlüsse gelöst. Er holte tief Luft und hielt sie an, als er längs an den Sargdeckel griff und ihn unter einem leisen Knarren öffnete. Ebenso wie er vergaß auch Maria, weiter zu atmen. Sie blieb nicht die Einzige, die sich verwundert die Augen rieb, als sie den Inhalt des Sarges erblickte.

***

Die Regenfront war an Norderney vorbeigezogen. Daher lehnte sich Goselüschen an die Reling des Oberdecks und beobachtete den Hafen von Norddeich, der immer größer zu werden schien. Die Fähre würde in etwa einer Viertelstunde am Festland anlegen, von wo ihn Maria abholen wollte. Nachdem sie sich gerade telefonisch gegenseitig auf den neuesten Stand gebracht hatten, standen als Nächstes Befragungen des Bestatters und bei dieser Jugendhilfestiftung auf ihrer Liste. Goselüschen schüttelte den Kopf und steckte das Smartphone zurück in seine Jacke. So richtig einordnen konnte er noch nicht, was sie ihm gerade mitgeteilt hatte. Egal, er würde später hoffentlich Klarheit darüber erlangen.

Zu seiner Erleichterung wartete Maria neben den Taxistellplätzen, so musste er nicht ganz bis zu den Parkplätzen laufen, die hunderte Meter vom Hafen entfernt den zahllosen Touristen das Abstellen ihrer Fahrzeuge ermöglichte. Er beschleunigte seinen Schritt und ließ sich auf den Beifahrersitz des Dienstwagens fallen. Bevor Maria irgendetwas sagen konnte, platzte es aus ihm heraus:

»Was soll das heißen: Im Sarg lagen Säcke mit Blumenerde?«

»Genau das. Als sich der Deckel hob, blitzten uns zwei gelb-grüne, mit Blumenerde gefüllte Plastiksäcke an. Einer vorn, einer hinten.«

»Also hat jemand die Leiche vor der Beerdigung aus dem Kasten geholt?«

»Danach sieht es aus. Oder jemand will, dass wir das glauben. Dazu werden wir hoffentlich gleich mehr erfahren. Ich hab mir die Homepage des Bestattungsinstitutes angesehen: Laut den dort angegebenen Öffnungszeiten haben sie noch zwei Stunden geöffnet.«

»Hm«, brummte Goselüschen und verzog angewidert das Gesicht. »Ich mag sowas nicht. Man soll die Toten ruhen lassen.«

»Wer mag so etwas schon.« Maria warf einen Blick über die Schulter und fädelte hinter einem schwarzen Taxi in den Verkehr ein. »Hast du den Zeugen aus Bottrop erreicht, von dem du erzähltest?«

»Den Torkel? Leider nicht. Ich habe ihm aber auf den Anrufbeantworter gequatscht.«

»Und die anderen, die zu der Zeit auf dem Platz waren? Du meintest, die Rezeptionskraft sagte was von fünf Gästen.«

»Ja, das war eine Kleinfamilie aus Kassel, die habe ich erreicht, als ich noch auf die Fähre gewartet habe. Die waren zu der fraglichen Zeit jedoch auf einem Ausflug in Hamburg mit Musicalbesuch und solchem Kram. Die haben weder das Mädchen gesehen noch etwas von der Rettungsaktion mitbekommen. Deren Wohnwagen steht aber auch am anderen Ende des Platzes, daher hätte es mich sowieso gewundert.« Sie passierten gerade das Ortsschild von Norden. Goselüschen schaute aus dem Fenster und wirkte nachdenklich. »Wie haben es die Eltern von Swea aufgenommen?«

»Gefasst würde ich sagen. Jedenfalls der Stiefvater, mit dem habe ich gesprochen. Die Kollegen haben direkt an Ort und Stelle die Spuren gesichert, sodass einer erneuten Beisetzung eigentlich nichts im Weg stehen sollte. Staatsanwalt Oldenberger hatte mir vorher zugesichert, dass er die Leiche des Mädchens zeitnah freigeben würde.«

»Die tun mir schon leid. Aber das hilft jetzt ja alles nix.«

***

Das Gebäude lag unscheinbar zwischen zwei Einfamilienhäusern. Wäre nicht die schlichte Beschriftung am großen Frontfenster gewesen, die erklärte, dass hier das Bestattungsunternehmen Gerhard Gottlieb zu finden war, wäre Maria glatt daran vorbeigefahren. Auch sonst schien hier nicht viel los zu sein. Trotz des mittlerweile trockenen Wetters trafen sie unterwegs weder auf Spaziergänger noch auf Radfahrer oder andere Autos.

»Der Name scheint Programm«, ließ Goselüschen fallen. Maria reagierte nicht darauf, sondern bemühte sich, ihren Audi unfallfrei zwischen zwei parkende Wagen zu rangieren. Sie öffneten die breite Eingangstür, in der eine Milchglasscheibe von einem Alurahmen eingefasst war. Aus einem Deckenlautsprecher erklang leise, sakrale Musik, die einem bewusst machte, wo man sich gerade befand, sollte man es auch nur für eine Sekunde vergessen haben.

Eine rotblonde Frau empfing sie, die sich als Monika Gottlieb vorstellte und von Maria auf Mitte sechzig geschätzt wurde. »Mein Mann kommt sofort«, versicherte sie, nachdem die Kommissare ihr gesagt hatten, aus welchem Grund sie hier waren. »Nehmen Sie doch bitte solange Platz.« Sie deutete auf eine elegante Sitzecke mit Wildlederbezug. »Darf ich Ihnen einen Tee bringen?«

»Sehr gerne«, sagte Maria, die immer noch fror. Die nasskalte Luft auf dem Friedhof war ihr doch unter die Klamotten gekrochen. Goselüschen verzichtete dankend, was ihr ein Schmunzeln entlockte, hatte sie doch vor kurzem erst mitbekommen, dass er als Ur-Ostfriese keinen Tee mochte. Welche Ironie!

Sie hatte gerade die ersten Schlucke getrunken, als sich die Tür im hinteren Bereich öffnete und ein untersetzter Mann den Raum betrat. Er reichte den Kommissaren die Hand und begrüßte sie, wobei er ihnen kaum in die Augen sah, sondern scheinbar rastlos den Raum absuchte.

»Gottlieb, Gerhard Gottlieb«, sagte er leise und fuhr fort: »Das ist alles so furchtbar. Unvorstellbar. Wer macht nur sowas?«

»Wir hoffen, dass Sie uns da weiterhelfen können.« Gottlieb zuckte zusammen und schaute flüchtig zu Goselüschen.

»Sie meinen, dass wir – dass ich etwas damit zu tun habe?« Seine Stimme wurde lauter, jedoch lag ein Zittern darin. »Kommen Sie doch bitte mit«, führte er wieder leise fort. Sie folgten ihm in einen Nebenraum, der Maria wegen seiner kargen Ausstattung und den kahlen Wänden sofort an die Vernehmungsräume ihrer Dienststelle erinnerte.

»Sie wissen sicher bereits, was wir bei der Exhumierung Swea Hedricksons gefunden haben.« Maria wartete sein Nicken ab, bevor sie weitersprach. »Im Moment gehen wir davon aus, dass der Leichnam vor der Beerdigung aus dem Sarg entfernt wurde. Wir müssen natürlich in alle Richtungen ermitteln. Am besten wäre es, wenn Sie uns den Ablauf der betreffenden Bestattung schildern würden.« Gottlieb seufzte. Es war nicht zu übersehen, wie unangenehm ihm diese Situation war.

»Dieser Skandal wird sich herumsprechen. Das wird sehr hart für mein Geschäft.«

»Uns geht es hier nicht um Ihr Geschäft. Und es liegt uns fern, Ihnen zu schaden, glauben Sie mir. Doch je mehr Sie uns sagen, umso schneller können wir Licht ins Dunkel bringen, und umso weniger Imageverlust müssen Sie in Kauf nehmen«, warf Goselüschen emotionslos ein.

»Damit haben Sie sicher recht«, erwiderte Gottlieb hastig. »Ich helfe Ihnen, wo immer ich kann.« Er schlug eine Seite in seinem Doppelkalender auf und tippte mit dem Zeigefinger darauf. »Die Trauerfeier war um 14 Uhr, das heißt, wir haben sie um 12 in ihrem Sarg in die Kapelle gebracht und dort alles vorbereitet.«

»Wann wurde er geschlossen, sprich: Wann haben Sie Swea Hendrickson zum letzten Mal gesehen?«

»Sie war bis 18 Uhr des Vorabends zur Verabschiedung offen aufgebahrt. Danach haben wir in Anwesenheit der Eltern den Sarg verschlossen.«

»Hier im Betrieb oder auf dem Friedhof?«

»Wir haben hier bei uns eine Trauerhalle, Frau Fortmann, hinten zum Garten raus.«

»Die nachts verschlossen ist?«

»Ja.«

»Wer hat einen Schlüssel dafür?«

»Meine Frau und ich, und einer hängt vorn im Büro. Und damals hatte Sven Mittag noch einen, unser Mitarbeiter.«

»Was heißt damals?«, wollte Goselüschen wissen. Gottlieb atmete geräuschvoll ein und aus, als müsste er unterstreichen, wie schwer das alles für ihn war.

»Wir mussten uns bedauerlicherweise von ihm trennen. Er trinkt und das wurde leider immer mehr. Die Leute haben irgendwann angefangen, darüber zu reden. Er war für uns einfach nicht mehr tragbar.«

»Wann haben Sie ihn entlassen?« Gottlieb rieb sich den Nasenrücken, auf dem zwei Abdrücke in der Haut zeigten, dass dort normalerweise eine Brille saß. Erneut blätterte er in seinem Kalender.

»Zwei Tage vor der Beerdigung Hendricksons«, sagte er. »Meinen Sie etwa, dass –?«

»Wir meinen erstmal gar nichts. Würden Sie uns bitte aufschreiben, wo wir ihn finden?«

»Natürlich, Herr Goselüschen, aber ich kann mir beim besten Willen nicht vorstellen, dass Sven derartiges tun würde.«

»Niemand, der bei klarem Verstand ist, kann sich das vorstellen – Fakt ist jedoch, dass es jemand getan hat. Und wir werden es herausbekommen.«

»Bevor ich das vergesse, Herr Gottlieb: Wir haben Spuren am Sarg und an den darin liegenden Säcken gefunden. Daher kommen Sie und Ihre Frau bitte bis morgen Abend spätestens in unserer Dienststelle in Aurich vorbei.« Er schaute Maria zum ersten Mal direkt in die Augen.

»Sie wollen unsere Fingerabdrücke nehmen?«

»Ja, das ist Routine.« Gottlieb senkte den Kopf und neigte ihn etwas zur Seite.

»Wir werden erscheinen.«

Kapitel 9

Nach kurzer Beratung entschlossen sich die Kommissare, erst die Jugendstiftung aufzusuchen, bevor sie Sven Mittag einen Besuch abstatten würden.

Wenige Minuten später hatten sie die Anlage erreicht und kaum ihren Wagen verlassen, da drangen laute Stimmen zu ihnen hinüber. Hinter der Ecke eines Schuppens erkannten sie die Urheber. Ein junger, schlaksiger Mann mit blondierten, fast weißen Haaren und eine wohl noch jüngere Frau schrien sich an und fuchtelten gegenseitig mit ihren Armen vor ihren Gesichtern herum. Es wirkte wie ein heftiger Streit eines Pärchens, wie man ihn sich vorstellte, wenn der eine dem anderen Hörner aufgesetzt hatte. Da der Wind aus der falschen Richtung blies, kamen nur Wortfetzen bei ihnen an und sie konnten nicht wirklich verstehen, was sie sich an den Kopf warfen. Langsam näherten sie sich den Streithähnen, doch falls die beiden von ihnen Notiz genommen hatten, schien es sie nicht zu beeindrucken. Ist jetzt auch nicht so überraschend, dachte Maria. Schließlich befanden sie sich in einer Institution, die sich um schwierige Jugendliche kümmerte. Sie wollten schon tatenlos das Geschehen ignorierend weitergehen, da packte der junge Mann das Mädchen plötzlich mit beiden Händen und presste sie brutal gegen die Mauer, worauf sie aufschrie. Ob vor Schmerz oder Überraschung konnte Maria nicht deuten.

»Hey, ganz ruhig, Brauner«, rief Goselüschen und trat mit einem schnellen Schritt auf die beiden zu. Der Mann ließ sofort los, offenbar hatte er sie bislang tatsächlich nicht wahrgenommen, und schaute zornig von dem Mädchen zu Goselüschen und wieder zu ihr. Er spuckte ihr vor die Füße und rannte an den Polizisten vorbei bis zum Bürgersteig und dann die Straße hinunter, aus der Maria und ihr Kollege gerade gekommen waren. »Alles okay?«, wollte Goselüschen von ihr wissen. Sie sah ihn mit einer Mischung aus Verärgerung und Verachtung an.

»Was geht dich das an, Opa?«, blaffte sie nur und stapfte an ihm vorbei, wobei sie ihn kräftig anrempelte.

»Sag nichts«, riet Maria, die ebenso von der Reaktion überrascht wurde wie ihr Kollege.

»Nein, dazu sag ich auch nichts.« Kopfschüttelnd sahen sie ihr hinterher und setzten ihren Weg fort.

Sie überquerten auf dem gepflasterten Pfad die Rasenfläche, die zum Haupteingang des Gebäudes führte. Als sie eintraten, wirkte es im ersten Moment wie eine große Kneipe auf Maria. In einer Ecke standen ein paar Jugendliche, die Billard spielten, an den Dartautomaten feuerten sich lautstark kreischend drei Mädchen gegenseitig an und zwei Jungenteams zauberten an einem Tischkicker. Auf einzelnen Plätzen verstreut sah man die leuchtenden Displays von Smartphones, auf denen ihre Besitzerinnen und Besitzer herum daddelten. Einzig die alkohol- und rauchgeschwängerte Luft, die sie aus zünftigen Kneipen kannte, fehlte hier. Das heißt, fast: Nachdem eine

Tür an der Seite, wohl die zum Raucherzimmer, aufschwang und ein Junge darin verschwand, zog eine dicke Rauchschwade in ihre Richtung.

»Wo finden wir jemanden, der etwas zu sagen hat?«, fragte Maria eines der in ihr Handy versunkenen Mädchen, die auf einem Barhocker an einem Stehtisch saß. Ohne ihre Augen vom Display zu nehmen, zeigte sie mit dem linken Arm am Billardtisch vorbei.

»Da hinten. Die Tür vorm Mädchenklo. Da ist Murats Büro.«

»Danke«, sagte Maria und kurz darauf klopfte sie an die Zarge neben dem Türschild von Murat Aman, dem leitenden Sozialtherapeuten dieser Einrichtung, glaubte man den Angaben auf dem Schild.

»Ja, was denn?«, hörten sie eine genervte Stimme von innen. Sie traten ein und stellten sich dem Therapeuten vor, der ihnen zwei Stühle anbot. »Womit kann ich Ihnen diesmal helfen?« Die Stimme des Mannes, der Marias Schätzung nach um die 30 sein musste, war jetzt freundlich und er sprach in akzentfreiem Hochdeutsch. »Meine Eltern kamen vor meiner Geburt aus Antalya nach Hannover«, sagte er, als ob er Marias Gedanken gelesen hätte.

»Was meinen Sie damit? Diesmal?«, sprang Goselüschen für seine kurzzeitig verwirrte Kollegin ein. Murat lachte herzlich.

»Nun, es dürfte Sie nicht überraschen, dass wir häufiger mit der Polizei zu tun haben. Klischee hin oder her, wir haben schon ein paar Härtefälle unter unseren Fittichen, da bleibt der eine oder andere Fehltritt leider nicht aus. Zwei davon sind Ihnen doch auf dem Weg hierher begegnet.« Er deutete auf das Fenster neben dem Schreibtisch, von dem sie die Ecke des Gebäudes sehen konnten, wo sie gerade Zeugen des Streites geworden waren.

»Ach, Sie haben uns kommen sehen. Wissen Sie, worum es bei den beiden ging?«

»Herrje, nein«, antwortete er lachend. »Hier lernt man schnell, auch mal über etwas hinwegzuhören. Das können Sie mit einem Schiedsrichter beim Fußball vergleichen: Wenn der jedes Schimpfwort mit einer gelben oder roten Karte ahnden würde, gingen die meisten Spiele mit drei gegen drei zu Ende.« Erneut lachte er, wahrscheinlich über seinen Vergleich.

»Wir sind von der Dienststelle Aurich und kennen Ihren Laden nicht. Würden Sie kurz erläutern, was Sie hier tun?«

»Gerne, Herr ... Goselüschen, richtig?« Dieser nickte. »Diese Einrichtung wurde vor knapp zehn Jahren von einer Gruppierung mehrerer Unternehmer aus dem norddeutschen Raum ins Leben gerufen. Diese haben auch den finanziellen Grundstock der Stiftung geschaffen. Wir werden fast ausschließlich über Spenden finanziert, nur ein kleiner Teil kommt aus den öffentlichen Haushalten der Stadt und des Landes.« Er erhob sich von seinem Schreibtischstuhl und machte mit den Armen eine einladende Geste. »Wenn Sie mir folgen möchten, führe ich Sie ein wenig durch unsere Räume.« Er bewegte sich Richtung Tür und nach einem Moment folgten ihm die Kommissare schulterzuckend.

»Warum nicht?«, sagte Maria.

»Diesen Bereich kennen Sie bereits.« Er zeigte in den Raum mit den Spiel- und Freizeitgeräten. »Hier können sich die Jugendlichen zu jeder Tages- und Nachtzeit aufhalten. Lediglich die Haupteingangstür wird von 22-7 Uhr verschlossen. Er steht allen zur Verfügung, also nicht nur denen, die hier leben.«

»Das sieht bis hierher nach einem gewöhnlichen Jugendzentrum aus.«

»Genau so soll es sein, Herr Goselüschen. Wir sind ja keine Jugendstrafanstalt.« Er zog eine Chipkarte aus der Hosentasche, die er durch einen Scanner neben einer schweren Glastür zog, worauf sich das Türschloss mit einem Klicken entsperrte. Murat zog sie auf und ließ den Polizisten den Vortritt. »Dieses ist der Unterkunftsbereich. Jeder Bewohner hier hat eine Schlüsselkarte und einen eigenen Schlüssel für seinen Wohnbereich.« Sie gingen durch einen Flur, von dem auf jeder Seite Türen abgingen, die jeweils mit dem Namen der Bewohner versehen waren. Bis auf eine und durch diese führte der Therapeut die Kommissare. »Diese Unterkunft steht zur Zeit leer, daher kann ich sie Ihnen zeigen. Schauen Sie sich ruhig um.« Maria erstaunte die ansprechende Innenausstattung des Apartments, das durchaus mit der einer Mittelklasse-Ferienanlage mithalten konnte. Dem Wohn- und Schlafbereich schloss sich eine Miniküche und ein zweckmäßig gestaltetes Bad an, durch drei große Fenster fiel genügend Tageslicht hinein, um die Einrichtung, die im Stil eines schwedischen Möbelhauses gehalten war, gut auszuleuchten.

Murat schien Routine in dieser Art Führung zu haben, denn nach einer weiteren Viertelstunde hatte er ihnen alle wichtigen Dinge gezeigt. Maria wusste jetzt, dass eine Sporthalle, die kleine Hauskapelle, die Mensa, ein Gemeinschaftsbereich und die Außenanlagen, zu denen ein Bolzplatz und ein kombiniertes Feld für Volleyball, Basketball und Tennis gehörten, den Jugendlichen eine abwechslungsreiche Freizeitgestaltung ermöglichten. Aber was waren das für Jugendliche, die hier wohnten? Als ob Murat abermals ihre Gedanken lesen konnte, erzählte er:

»Die meisten unserer Teens kommen aus schwierigen Familienverhältnissen zu uns. Viele haben etwas auf dem Kerbholz und einige saßen bereits ein paar Monate im Jugendknast. Unsere Aufgabe ist es, ihnen einen Weg zurück oder überhaupt einen Weg in ein geordnetes Sozialleben aufzuzeigen und zu ermöglichen, wozu sich deren Eltern aus verschiedenen Gründen außer Stande sehen.«

»Wie viele sind es denn?«

»Zur Zeit haben wir 15, die hier eine Wohnung belegen, Frau Fortmann. Insgesamt können wir 22 beherbergen. Sie sind zwischen 14 und 21 Jahre alt. Aber auch, wenn sie das Höchstalter erreicht haben, kümmern wir uns im Rahmen unserer Möglichkeiten noch um sie. Wir unterstützen sie beispielsweise dabei, einen Ausbildungsplatz oder eine eigene Wohnung zu bekommen.« Sie hatten die Führung mittlerweile beendet und sich wieder in Murats Büro eingefunden. »Nicht ohne Stolz kann ich sagen, dass wir eine Quote von über 80% aufweisen können, die wir im Anschluss an den Aufenthalt hier in die Selbstständigkeit entlassen konnten.«

»Das ist jedenfalls deutlich höher als die Quoten vom Jugendstrafvollzug«, bestätigte Goselüschen.

»Richtig. Aber langsam interessiert mich, warum Sie eigentlich konkret hier sind.« Er lehnte sich im Stuhl zurück und sein Gesichtsausdruck ließ Neugierde vermuten.

»Zuerst noch eine Frage: Sie, beziehungsweise diese Institution, hat einen Wohnwagen auf einem Campingplatz auf Norderney. Wozu?« Die Neugierde wich Überraschung.

»Das haben wir. Aber nicht nur das, wir haben auch ein Blockhaus im Harz, genauer gesagt in Braunlage, und ein Ferienapartment in der Lüneburger Heide. Diese Unterkünfte nutzen wir, wenn wir mal den einen oder anderen für ein paar Tage aus der Gruppe herausnehmen müssen, oder, um einige für besonderes Verhalten zu belohnen. Warum fragen Sie?«

»Haben Sie von der Leiche gehört, die vor einigen Tagen in Bensersiel angeschwemmt wurde?«

»Natürlich, das stand in allen Zeitungen, selbst die Bild hat einen kurzen Bericht darüber gebracht.« Die Fragezeichen in seinem Gesicht wurden größer.

»Dabei handelte es sich um die sterblichen Überreste von Swea Hendrickson. Kannten Sie sie?« Maria fixierte ihn, während sie sprach, und konnte sehen, wie sein rechtes Auge leicht zu zucken begann.

»Swea wurde doch schon vor Monaten beerdigt!«

»Richtig«, sagte sie, »nichtsdestotrotz handelt es sich bei der angespülten Leiche eindeutig um sie. Hatte sie hier auch eine Wohnung?«

»Was? Äh, nein – sie hatte aber zu Hause Probleme und kam oft hierher. Ich denke, sie fühlte sich hier besser aufgehoben. Aber warum wurde sie, ich meine, wer sollte –?«

»Das wollen wir herausfinden«, unterbrach ihn Goselüschen. »Wie Sie sicher wissen, wurde sie damals im Wohnwagen Ihrer Stiftung sterbend aufgefunden. Warum war sie dort?« Erneut zuckte Murats Auge.

»Sie war vor einem halben Jahr mit einigen anderen von hier auf der Insel. Und sie kannte sich hier aus. Sie wird einfach den Schlüssel genommen haben.« Er zeigte auf ein gelb-grünlackiertes Holzbrett, das an der Wand rechts von ihm angebracht worden war. Daran hingen etliche Schlüssel. Über jedem einzelnen klebte ein Etikett, wozu er gehörte.

»Fehlte denn einer?«

»Äh, was?«

»Ob einer der Schlüssel für den Caravan fehlte«, verdeutlichte Goselüschen.

»Ja. Ja, es fehlte einer«, antwortete Murat nach einer kurzen Pause.

»Sie wussten demnach nichts davon?« Murat verneinte Marias Frage. »Hatte sie hier Freunde? Oder zumindest Jugendliche, mit denen sie sich gut verstanden hat?«

»Sie war sehr still und hat sich meist allein beschäftigt, wenn sie hier war. Wenn überhaupt, dann hatte sie etwas mehr mit Verena Mayer zu tun. Aber befreundet waren sie eher nicht.«

»Wir würden uns gern mit Verena unterhalten. Ist sie hier?« Murat ging zu einem Regal, aus dem er einen Ordner herauszog. Er blätterte darin herum.

»Ja, sie müsste da sein. Wenn Sie Glück haben, finden Sie sie im Wohnblock. Sie wohnt im ersten Stock, der Name steht wie bei allen an ihrer Tür. Ich öffne Ihnen eben die Durchgangstür.« Er ging den Beamten voraus und zog abermals seine Chipkarte durch den Sensor.

***

Nach dem Klopfen erklang ein zaghaftes »Ja?« aus dem Inneren der Wohneinheit. Maria drückte die Klinke herunter und betrat den Flur, der ebenso wie der sich anschließende Wohnraum etwas abgedunkelt war. Ein bekannter süßlicher Geruch trat ihr in die Nase, im Hintergrund lief melancholische Musik. Am Ende des Zimmers sah sie das leuchtende Display eines Smartphones und sofort darauf die junge Frau, die daneben mit angezogenen Beinen auf der Couch saß. Auf dem kleinen Glastisch davor lag eine Zigarette, deren Qualm seitlich wegzog. Verena hatte zwei Fenster geöffnet und damit für Durchzug gesorgt.

»Hi, mein Name ist Maria Fortmann. Ich bin von der Polizei.« Verena schaute sie mit einem vernebelten Blick an, schreckte dann nach vorn zum Tisch und griff in Richtung des Aschenbechers. Maria hob beschwichtigend eine Hand. »Du brauchst deinen Joint nicht ausmachen. Deswegen bin ich nicht hier.« Sie schien zunächst skeptisch zu sein, ließ sich dann aber wieder in ihre Ausgangsposition zurückfallen.

»Warum sind Sie denn sonst hier?«

»Darf ich mich setzen?« Maria wartete, bis das Mädchen nickte, und zog sich einen Sessel heran. »Ich komme wegen Swea Hendrickson. Herr Aman meinte, ihr wärt befreundet gewesen.« Verena zog ihre Ohrstöpsel heraus, die Maria gar nicht bemerkt hatte, und setzte sich aufrecht der Kommissarin gegenüber. Bedächtig griff sie nach ihrem Joint, hielt ihn fragend hoch und nachdem Maria den Kopf geschüttelt hatte, inhalierte sie einen tiefen Zug, den sie ein paar Sekunden in ihrer Lunge ließ, bevor sie den Qualm langsam aus ihrem Körper heraus blies.

»Befreundet waren wir nicht«, begann sie, »wir haben nur hin und wieder gequatscht, wenn wir uns hier getroffen haben. Aber warum interessiert das die Polizei?« Maria erzählte ihr von der Entwicklung und beobachtete, wie Verena erst fassungslos, dann angewidert dreinschaute. Die junge Frau drückte den Stummel fest im Aschenbecher aus und räusperte sich laut.

»Das ist ja schrecklich. Wer macht denn sowas?« Diese Frage stellte sich offensichtlich jeder, dachte Maria, und bei Verena konnte sie nicht den Ansatz von Schauspielerei erkennen. Ihre Reaktionen wirkten absolut glaubhaft. Für Maria war klar, dass sie nichts mit alledem zu tun hatte.

»Wann hast du sie das letzte Mal gesehen?«

»Hm, ich glaube, das war ein paar Tage, bevor ich von ihrem Tod erfahren habe.«

»Hat sie etwas zu dir gesagt? Dass sie Probleme hätte, dass sie abhauen wollte und vielleicht wohin und mit wem?« Verena schüttelte leicht den Kopf, dann immer kräftiger.

»Nein, wir haben uns nur kurz Hallo gesagt, soweit ich mich erinnere. Und so gut kannten wir uns auch nicht, als dass sie mir von irgendwelchen Problemen oder gar Fluchtplänen erzählt hätte.«

»Vielen Dank«, sagte Maria und erhob sich. »Falls dir noch etwas einfallen sollte, hier hast du meine Nummer.« Sie schob ihre Visitenkarte über die Tischplatte und verabschiedete sich.

Auf dem Korridor erwartete sie Goselüschen, der das meiste durch den Spalt mitgehört hatte – Maria hatte die Tür nur angelehnt.

»Hilft nicht weiter, richtig?«

»Richtig.«

»Der Geruch im Zimmer –.«

»Ja«, unterbrach sie ihn, »Marihuana. Aber das soll nicht unser Problem sein.«

»Ist lange her, ich glaube, ich muss auch mal wieder einen durchziehen.« Maria bedachte ihn mit einem kurzen Seitenblick.

»Das ist dein Ding. Mich interessiert viel mehr, was wir gleich bei dem Mittag in Erfahrung bringen. Ich kann mir nicht vorstellen, dass uns die Dünemann noch lange Zeit gibt.«

»Na ja, wäre ich Dienststellenleiter, würde ich meine Leute auch eher auf eindeutige Straftaten ansetzen.

Wir haben außer Störung der Totenruhe und Hausfriedensbruch noch nichts wirklich Greifbares – abgesehen von deinem Bauchgefühl natürlich.«

»Das langsam wieder zu Normalform findet.« Kurz dachte sie zurück an die vergangenen Monate, als ihr Bauchgefühl sie einige Male erbärmlich im Stich gelassen hatte und sie dadurch in ein paar extrem gefährliche Situationen geraten war.

***

Sie hatten Norden verlassen und es wurde mit jedem gefahrenen Kilometer einsamer. Man musste mittlerweile schon genau gucken, um das nächstgelegene Haus entdecken zu können. Die enge Straße führte an einem Maisfeld vorbei und schien in eine scharfe Kurve zu münden. Maria ging vom Gas und wäre trotzdem um ein Haar mit einem dunkelblauen SUV kollidiert, dessen Fahrer sie wegen der einbrechenden Dunkelheit und der getönten Scheiben nicht erkennen konnten. Er schnitt die Kurve und zwang Maria zu einem gewagten Ausweichmanöver. Kurz musste sie mit zwei Reifen über den Seitenstreifen fahren, bevor sie den Wagen wieder sicher auf die Fahrbahn beförderte und nach kurzem Schlingern wieder in der Spur hatte.

»Ist der nicht ganz dicht, hier in der Einöde zu fahren wie die wilde Sau?«

»Der ist ortsfremd und hat seinen Führerschein wohl neu. Schreib das Kennzeichen auf, dem lassen wir Post zukommen«, erwiderte Maria ruhig.

»Hast recht, Blondie, sollen sich die Kollegen darum kümmern«, sagte Goselüschen und notierte es. »Nur Vollidioten auf den Straßen unterwegs.«

Knapp zwei Kilometer weiter sahen sie die Umrisse des Resthofes vor sich, auf dem Sven Mittag zurückgezogen außerhalb Nordens lebte. Im Licht der Scheinwerfer konnten sie den ungepflasterten, unebenen Hof zur Haustür einsehen, woraufhin Maria beschloss, nicht mit dem Dienstwagen auf das Grundstück zu fahren. Es resultierte einfach immer zuviel Papierkram, wenn sich das Blech eine Beule einfing. Stets Bedacht darauf, in keinem der zahllosen Schlaglöcher umzuknicken, arbeiteten sie sich zu Fuß zur Haustür vor.

Neben dieser befand sich zwar eine Beleuchtung, doch durch hunderte Insekten, die hinter dem Glas an der Glühlampe verendet waren, und den Spinnweben, die um den zylindrischen Blechrahmen der Leuchte gesponnen waren, wirkte sie eher wie ein Kokon, in dessen Innerstem ein Kern aus Lava pulsierte. Genau, dachte Maria, als sie den wackligen Tritt erreicht hatten und sie das Konstrukt begutachtete, sieht aus wie eine Lavalampe, ganz niedlich, aber kaum Leuchtkraft. Goselüschen, den dies nicht zu interessieren schien, klopfte mehrmals kräftig gegen die hölzerne Tür, deren letzter Anstrich einige Jahrzehnte her gewesen sein dürfte.

»Versuch es nochmal«, sagte Maria, als nach gut einer Minute niemand öffnete. Abermals ließ er seine Faust gegen das Holz krachen, noch etwas fester als zuvor. »Warte.« Sie drehte den Kopf und näherte sich mit dem Ohr der Tür. Schritte. Ganz klar, sie hörte Schritte.

Und sie hörte das Drehen eines Schlüssels im Schloss – im nächsten Moment standen sie einem Mann, oder besser gesagt der Karikatur eines Mannes gegenüber, wie Maria befand. Der Geruch von billigem Fusel drang zu ihnen, sodass Maria sich intuitiv ihr wohlparfümiertes Handgelenk vor die Nase hielt.

»Ich bin Kommissar Goselüschen, dies ist meine Kollegin, Frau Fortmann. Wir sind von der Kripo Aurich und haben ein paar Fragen an Sven Mittag. Sie sind doch Sven Mittag?« Die Gesichtszüge des Mannes mit dem glasigen Blick veränderten sich, Maria befürchtete, er müsste sich übergeben. Mittag hingegen ließ nur einen langgestreckten, lauten Rülpser in ihre Richtung verlauten, ohne auch nur im Ansatz eine Hand vor den Mund zu halten. Daraufhin drehte er sich um und schlurfte in zerschlissenen Stoffhausschuhen den Flur entlang zurück ins Haus. Maria signalisierte ihrem Kollegen, ihm zu folgen. Goselüschen seufzte und ging Sven Mittag hinterher. Bitte lass es drinnen einigermaßen bewohnbar aussehen! Sie wedelte noch mit der Hand die fiese Ausdünstung Mittags vor ihrem Gesicht fort. Ich kriege sonst einen Mörderherpes, so viel *Zovirax* kann ich mir gar nicht auf die Lippen schmieren. Sie hatte das Gefühl, es würde schon leicht in der Unterlippe kribbeln.

Im Flachbild-TV im Wohnzimmer lief eine Folge irgendeiner Vorabendserie, die Maria nicht kannte. Ihr Stoßgebet wurde zum Teil erhört, es sah nicht so verwahrlost aus, wie man aufgrund Sven Mittags Erscheinungsbild und dem seines Hofes hätte schließen können. Der Hausherr saß in einem bequem wirkenden Ohrensessel und schien seiner Serie zu folgen.

»Herr Mittag?« Der Angesprochene stöhnte und stellte mit der Fernbedienung das Gerät aus.

»Was wollen Sie? Hab ich falsch geparkt?« Maria überraschte die klare Aussprache und Goselüschen schien es, gemessen an seinem Blick, ähnlich zu gehen.

»Wir würden gern mit Ihnen über Ihren letzten Arbeitgeber sprechen: das Beerdigungsinstitut Gottlieb.« Mittag lachte humorlos auf.

»Gottlieb. Der liebe Gerhard Gottlieb – der Arsch. Hat er etwa falsch geparkt?« Diesmal kicherte er, als hätte er einen besonders lustigen Witz gemacht.

»Herr Mittag, warum hat er Sie gekündigt?«, schaltete sich Goselüschen ein.

»Wollen Sie die offizielle oder die inoffizielle Version?«

»Wir sind unbescheiden und nehmen gerne beide.«

»Offiziell wegen meines angeblichen Alkoholproblems. Er misst gern mit zweierlei Maß, der feine Herr.« Er hauchte in seine Hand und roch daran. »Gut, lassen wir das angeblich weg. Ich weiß, dass ich zu viel pichele – aber das wusste er auch, und zwar schon vor fünf Jahren, als er mich eingestellt hat. Nein, es ging ums Geld. Ich wurde ihm zu teuer. Keine Ahnung, ob er spielt oder regelmäßig in den Puff geht. Jedenfalls wurde es bei denen immer klammer in der Kasse.« Mittag fuhr sich mit der Hand durch das von Bartstoppeln übersäte Gesicht und die fettigen Haare, die in alle Richtungen von seinem Kopf abstanden. »Aber mir das so zu sagen, dafür fehlten der Drecksau die Eier.« Maria setzte sich auf die Lehne der Couch ihm gegenüber. Erst jetzt sah sie den Hund, einen braunschwarzen Labradormischling, der hinter seinem Herrchen in aller Ruhe ein Nickerchen zu machen schien. Unwillkürlich musste sie lächeln.

»Erinnern Sie sich an Swea Hendrickson?« Mittag schien überlegen zu müssen.

»Ah, klar, das junge, hübsche Ding. Was für eine Schande, in dem Alter schon abberufen zu werden. Sie war meine letzte Arbeit«, sagte er und senkte mit traurigem Blick den Kopf.

»Ihre letzte Arbeit? Sie meinen, –?«

»Für die Aufbahrung herrichten«, erklärte er. »Anziehen, schminken, Sie verstehen?«

»Ja, verstehen wir«, bestätigte Goselüschen.

»Und kaum war ich damit fertig, bat mich mein lieber Chef – ehemaliger Chef – zum Gespräch, in dem er mir mitteilte, ich sei gekündigt und dies wäre mein letzter Arbeitstag gewesen.« Er neigte sich vor, goss Weinbrand in sein Glas und erhob es, bevor er es zu seinem Mund führte und in einem Zug leerte. »Auf das Leben!«

»Ihr Leichnam wurde mutmaßlich vor ihrer Bestattung entwendet und später in der Nordsee versenkt. Was können Sie uns dazu sagen?« Maria konnte sich mit einem Sprung zur Seite gerade noch davor retten, von der Fontäne getroffen zu werden, die explosionsartig aus dem Mund Sven Mittags in ihre Richtung spritzte.

»Was?« Er sprang auf. »Sie meinen ..., Sie meinen, dass die Wasserleiche die von der Swea ist?«

»Wir meinen es nicht, wir wissen es«, sagte Goselüschen ungerührt, der sich außerhalb des Spuckradius aufhielt.

»Aber das ist doch krank. Warten Sie, Sie meinen, dass ich damit etwas zu tun habe? Wollen Sie mich verarschen, oder was?«

»Beruhigen Sie sich«, sagte Maria und wartete, bis er sich wieder gesetzt hatte. »Wir ermitteln in alle Richtungen und selbstverständlich sind die Gottliebs und ihre Mitarbeiter unsere ersten Ansprechpartner.«

»Ich fasse es nicht. Ich bin Alkoholiker, aber kein Leichenfledderer. Und ich kenne die Hendricksons schon ewig, kannte Swea bereits als Kleinkind.«

»Gut«, sagte Goselüschen und machte Notizen. »Ist Ihnen was Ungewöhnliches aufgefallen? Leute außerhalb der Familie, die sich besonders für Swea interessiert haben? Haben Sie irgendetwas für uns, mit dem wir arbeiten können?«

»Nein, tut mir leid. Dazu fällt mir nichts mehr ein.«

»Okay, trotzdem müssen wir Sie bitten, morgen in unserer Dienststelle zu erscheinen. Wir müssen Ihre Fingerabdrücke in Datenbank aufnehmen, damit wir sie zuordnen können.«

»Soll mir recht sein. Aber auf dem Sarg finden Sie noch etliche andere. Jeder Sargträger und alle, die sich während der Aufbahrung verabschiedet haben, könnten ihn angefasst haben.«

»Es geht nicht vorrangig um den Sarg, sondern darum, was drinnen lag.«

»Wie, was drinnen lag? Sie sagten doch gerade, dass –.« Maria kam nicht umhin, ihm seine Ahnungslosigkeit zu glauben. Andererseits, wie würde jemand reagieren, der so etwas getan hatte: Ja, ich hole gerne Leichen von Friedhöfen und vergehe mich an ihnen oder verkaufe sie über *Ebay*, was ist schon dabei? Eher nicht.

»Es wurden zwei Säcke mit Blumenerde statt des Mädchens beerdigt. Von derselben Firma wie die, die im Beerdigungsinstitut lagern«, erklärte sie. Ihnen war bei der Befragung Gottliebs nicht entgangen, dass die gleichen Beutel in einem Lagerraum auf einer Palette deponiert waren. Sie würden für die Grabpflege benötigt, die Gottlieb als Zusatzleistung anbot, hatte er auf Marias Nachfrage erklärt. Man müsste mit der Zeit gehen und dem Markt gegenüber aufgeschlossen reagieren, schob er in einem Ton nach, der unweigerlich darauf schließen ließ, dass die Arbeit als Friedhofsgärtner nicht sein Lieblingsberufsfeld darstellte.

»Da werden mit Sicherheit meine Abdrücke zu finden sein, schließlich war ich allein für die Lagerhaltung zuständig und hatte bestimmt jeden Gegenstand in der ganzen Firma irgendwann mal in den Flossen«, sagte er schnell, aber emotionslos. So prompt er sich eben aufgeregt hatte, genauso schnell schien er sich wieder gefangen zu haben.

»Das ist uns bewusst. Es dient auch, wie schon gesagt, dem Ausschluss.« Sven Mittag füllte erneut sein Glas und nickte.

***

Sie waren nicht klüger geworden und insgesamt warfen die Ermittlungen des heutigen Tages mehr Fragen auf, als sie beantworteten.

»Lass uns Feierabend machen«, schlug Maria vor und hielt sich gähnend die Hand vor den Mund.

»Jo, ich habe gerade auch keine unbändige Energie mehr.« Dieser Fall – war es überhaupt ein Fall?, dachte er, schien eine Suche nach der sprichwörtlichen Nadel im Heuhaufen zu sein, mit der zusätzlichen Herausforderung, dass sie weder Nadel noch Heuhaufen in irgendeiner Form benennen konnten.

Maria fuhr an der Auffahrt zur Dienststelle vorbei und lenkte den Wagen in den Osten Aurichs, wo sie vor seinem Grundstück stoppte. Beim Aussteigen sah er sie an und meinte, auch in ihrem Gesicht eine gewisse Leere zu erkennen.

»Bis morgen und gute Erholung. Lass dich etwas von Pinky verwöhnen.«

»Ja, genau, das gehört auch zu den hervorstechenden Eigenschaften meines fetten Katers.« Er schlug lachend die Autotür zu und sah seiner Kollegin hinterher, bis sie an der nächsten Kreuzung abbog und aus seinem Sichtfeld verschwand.

Seine Ex-Frau Sylvia, mit der er nach einer Auszeit seit einigen Monaten wieder zusammenlebte, war mit seinen unregelmäßigen Dienstzeiten und den daraus resultierenden unzuverlässigen Feierabenden über die Jahre bestens vertraut. So wartete sie schon lange nicht mehr mit dem Abendessen auf ihn. Zu oft hatte sie sich darüber geärgert, ihren Teller wieder aufwärmen zu müssen. Nicht, weil er es erwartete oder gar verlangte, sondern nur, da sie ihm gern etwas kochte, hatte sie sich angewöhnt, seine Portion bei gemäßigten Temperaturen im Backofen warmzuhalten. Auch wenn dies mit gegen die Standards des Energiesparens verstieß.

»Hallo Grummelbär«, begrüßte sie ihn und hauchte ihm einen Kuss auf die Wange, als er sich mit seinem Teller zu ihr aufs Sofa gesellte. Sylvia hatte Kerzen angezündet und vor einer Stunde eine Flasche Rotwein geöffnet.

»Hey«, erwiderte er und deutete mit dem Kopf auf die Flasche. »Lebt er noch oder können wir ihn schon trinken?« Sie stieß ihm leicht den Ellbogen in die Seite.

»Ich denke, er hat genug geatmet.« Goselüschen füllte die Gläser und ein helles Klingen der Gläser beim Anstoßen eröffnete offiziell ihren Abend.

»Was ist los mit dir, du bist so abwesend?«, sagte Sylvia nach einer Weile. Sie hatte ihn erfolglos auf einen Filmfehler angesprochen, der ihr gerade bei dem Krimi aufgefallen war, den sie gemeinsam schauten.

»Was? Nein. Das heißt, ja. Tut mir leid.« Er nahm ihr Kinn und gab ihr einen Kuss. »Unser Fall, ich hab dir davon erzählt. Der macht mich nachdenklich.«

»Was genau ist daran so aufwühlend? Du hast mit Serienmördern und Vergewaltigern zu tun gehabt und dabei hab ich dich niemals so erlebt.« Goselüschen umriss den bisherigen Ermittlungsstand, soweit er es vertreten konnte, und schloss:

»Du siehst, zum einen ist das echt abartig, doch zum anderen wissen wir nicht, ob wir da wirklich einen Fall haben. Es gibt keinen Hebel, an dem man ansetzen kann. Und dazu kommt, dass wir als Neulinge – schließlich sind Maria und ich erst seit ein paar Monaten in Aurich – unter besonderer Beobachtung stehen. Von der Dünemann, aber auch vom Kollegium. Schließlich hatte Waldner damals die Akte mit der Vermisstenmeldung auf dem Tisch und sie, nachdem die Hendrickson verstorben war, ohne großes Hinterfragen geschlossen.«

»Langsam verstehe ich. Sollten eure Ermittlungen also ins Nichts führen, leidet euer Standing. Findet ihr andernfalls jedoch heraus, dass viel mehr dahintersteckt, pinkelt ihr damit dem Waldner ans Bein.« Goselüschen lächelte sie an.

»Ich hätte es nicht treffender formulieren können. Wobei ich mit Letzterem kein wirkliches Problem hätte.« Jetzt lachte Sylvia.

»Das kann ich mir vorstellen. Dir würde das wahrscheinlich noch gefallen, du Fiesling.« Er küsste sie erneut, diesmal deutlich länger und intensiver.

»Pst, das darf diesen Raum nicht verlassen.« Sylvia schaltete das TV aus, stand auf und zog ihn vom Sofa.

»Das vielleicht nicht, aber wir beiden werden diesen Raum sofort verlassen.« Ohne den kleinsten Widerstand zu leisten, ließ er sich von ihr ins Schlafzimmer abführen.

Kapitel 10

Am Nachmittag des nächsten Tages statteten die Kommissare ihrem Kollegen Sebastian, dem IT-Spezialisten der Dienststelle, einen Besuch ab.

»Moin, ihr beiden«, begrüßte er sie.

»Moin, Basti«, erwiderte Maria und Goselüschen schlug ihm kumpelhaft auf die Schulter. »Was hast du für uns?« Sie zogen sich jeder einen Stuhl heran und setzten sich neben ihn an seinen Arbeitsplatz, der aus nebeneinander und übereinander platzierten Computerbildschirmen bestand. Als Maria dieses Büro zum ersten Mal betreten hatte, kam sie sich vor wie in einer Kleinausgabe der Schaltzentrale der CIA oder des FBI. Jedenfalls war durch etliche Hollywood-Thriller ihre Vorstellung derart geprägt. Sie würde sich nicht wundern, wenn er irgendwann mal auf frei im Raum schwebenden, durchsichtigen Displays mit einfachen Handwischbewegungen Dokumente und Bilder von Verdächtigen hervorzaubern würde, wie sie es aus dem Film *Minority Report* kannte, in dem *Tom Cruise* als Zukunftscop die Hauptrolle verkörperte.

»So Einiges, denke ich. Als Erstes habe ich hier die Ergebnisse vom Abgleich der Fingerabdrücke.« Sowohl die Eheleute Gottlieb als auch Sven Mittag waren, wie sie es zugesagt hatten, im Laufe des Vormittags erschienen, um sich erkennungsdienstlich aufnehmen zu lassen. »Auf den Säcken mit der Blumenerde konnten wir Abdrücke sichern, die wir drei verschiedenen Personen zuordnen konnten. Auf beiden fanden wir die von Mittag, nicht aber von den Gottliebs. Die anderen haben wir durch das System laufen lassen und siehe da: Wir haben einen Treffer.«

»Okaaaay«, sagte Maria, wobei sie die zweite Silbe lang zog. »Klär uns auf.« Sebastians Finger flogen über die Tastatur und auf einem der Bildschirme ploppte ein Fenster auf.

»Den kennen wir doch«, sagte Goselüschen überrascht, als er das Foto neben den Daten sah.

»Woher?« Maria konnte mit dem Gesicht nichts anfangen, zumal er dort die Haare noch dunkelblond trug.

»Das ist der Typ von der Jugendstiftung.« Jetzt fiel auch bei Maria der Groschen.

»Stimmt. Der mit dem Mädchen gestritten hat.« Ihr Blick wanderte vom Bild zum Text. »Knut Gottlieb.« Sie überflog die Adressdaten. »Also ist das der Sohn des Bestatters.«

»Jo, und aktenkundig wegen Verstoßes gegen das Betäubungsmittelgesetz vor einem Jahr. Das Verfahren wurde gegen Zahlung einer hohen Geldbuße und der Auflage von Sozialstunden eingestellt.«

»Das könnte die finanziellen Schwierigkeiten der Gottliebs erklären«, sagte Maria. »So eine Strafe und die wahrscheinlich hohen Kosten für den Anwalt können ganz schön ins Budget hauen.«

»Nicht zu vergessen, dass sich so etwas auch nicht unbedingt positiv auf das Image der Firma auswirkt.«

»Richtig, Gose. Wir sollten uns mal mit Knut unterhalten. Hast du sonst noch was, Basti?«

»Ja, er lebte im Zeitraum des Vergehens und des Verfahrens in der Wohngruppe des Jugendinstituts. Wahrscheinlich hatte er Zoff mit seinen Eltern.« Er zögerte kurz. »Oder er konnte einfach keine toten Menschen mehr sehen.« Goselüschen lachte laut auf und selbst Maria zollte Sebastian für diese gelungene Pointe Respekt, indem sie ihren Daumen hob. »Sobald ich mehr weiß, seid ihr natürlich die Ersten, die ich damit beglücke.«

»Hm.« Maria kräuselte die Stirn. »Okay, dann schlage ich vor, dass du nochmal den Gottliebs auf den Zahn fühlst.« Goselüschen nickte. »Ich werde mich derweil mit der Freundin Hendricksons befassen, von der ihr Stiefvater erzählt hat. Vielleicht kann sie uns weiterhelfen.«

»Ein Gespräch von Frau zu Frau sozusagen, alles klar, dann los.«

***

Wenn er es an den freien Parkplätzen vor der Firma festmachen müsste, könnte man durchaus den Schluss ziehen und Sven Mittags These beipflichten, dass es mit dem Bestattungsunternehmen nicht zum Besten stand. Doch Goselüschen war natürlich bewusst, dass in diesem Geschäftsfeld die Laufkundschaft nicht zum Tragen kommt – im wahrsten Sinne, dachte er schmunzelnd wegen seines morbiden Wortspiels.

»Moin, Herr Goselüschen, was kann ich für Sie tun?« Gerhard Gottlieb begrüßte ihn hinter dem

Tresen stehend, schien aber nicht glücklich darüber, schon wieder Besuch von der Polizei zu bekommen.

»Moin, Herr Gottlieb. Ich möchte mit Ihrem Sohn sprechen. Ist er da?« Der Angesprochene blinzelte.

»Mit meinem Sohn? Mit Knut? Aber – aber warum? Worum geht es?« Seine dünne Stimme überschlug sich fast.

»Das bespreche ich mit ihm, wenn Sie nichts dagegen haben«, erwiderte Goselüschen. Auch, wenn Sie etwas dagegen haben, fügte er gedanklich hinzu. Ihm fiel auf, dass es Gottlieb äußerst unangenehm zu sein schien.

»Ja, ich, äh, lassen Sie mich nachsehen. Er müsste eigentlich zu Hause sein.« Er tastete unbeholfen mit der Hand hinter dem Körper nach der Türklinke, die er im vierten Versuch fand.

»Das ist gut. Ich begleite Sie.«

»Ja, natürlich. Folgen Sie mir.« Was auch immer es war, etwas wühlte Gottlieb enorm auf und Goselüschen befürchtete kurz, er würde vor seinen Augen kollabieren, denn er stoppte kurz und stützte sich auf eine Kommode im Flur des Wohnbereichs, den sie mittlerweile erreicht hatten.

»Alles in Ordnung mit Ihnen?«

»Geht schon, danke.« Er atmete tief durch und ging weiter, bis er am Treppenaufgang erneut Halt machte und nach oben rief: »Knut, bist du da? Hier möchte dich jemand sprechen.«

Die dröhnende Musik, die bis eben nur leise im Erdgeschoss zu hören war, schwallte kurz auf. Da hat uns jemand gehört und seine Tür geöffnet, stellte

Goselüschen fest und wurde im selben Moment bestätigt.

»Boah, was ist denn schon wieder? Hat man in dieser Drecksbude niemals seine Ruhe?« Dann knallte die Tür und *Eminem* rappte wieder nur als Hintergrundgeräusch. Knut Gottlieb kam mit stampfenden Schritten die Treppe herunter und würdigte seinen Vater keines Blickes. »Was ist los?«, polterte er und an Goselüschen gerichtet legte er nach: »Wollen Sie was von mir? Wer sind Sie denn?« Gerhard Gottlieb wollte gerade zu einer Erwiderung ansetzen, da hob Goselüschen kurz die Hand.

»Danke, Herr Gottlieb, ich denke, den Rest bekomme ich allein mit Ihrem Sohn hin.« Scheinbar erleichtert nahm der Senior des Hauses die Möglichkeit wahr, sich schnell zu entfernen, und ging in die Richtung, aus der die beiden gerade gekommen waren. »Mein Name ist Goselüschen. Ich bin von der Kriminalpolizei Aurich. Können wir uns irgendwo ungestört unterhalten?«

»Polizei? Worum geht es?«, fragte Knut kurz angebunden, sein Ton jetzt eher trotzig als aggressiv.

»Das erkläre ich Ihnen sofort. Also?«

»Hm. Wir können hier reingehen.« Er lief an ihm vorbei in das nächste Zimmer, das Goselüschen an eine Bibliothek erinnerte. An drei Seiten prangten aus raumhohen Regalen, die um die Fenster herumgebaut waren, hunderte von Buchrücken klassischer Literatur wie *Tolstoi, Brecht* oder *Oscar Wilde* und an der vierten Wand hatten die Sachbücher ihren Platz. Auf den ersten Blick vornehmlich aus dem medizinischen

Bereich. Mittig im Raum stand ein quadratischer Tisch mit einer Hochglanzoberfläche aus edlem Holz, mutmaßte Goselüschen, darum verteilten sich drei gepolsterte Stühle, die ebenfalls verdammt teuer auf ihn wirkten. Er zog die Tür hinter sich zu und setzte sich Knut Gottlieb gegenüber, der sich mit den Händen durch die Haare fuhr. Wahrscheinlich, um sie etwas zu bändigen, nachdem sie sich verwuselt hatten, als er Musik hörend auf dem Bett lag.

»Wir haben uns gestern gesehen, erinnern Sie sich?« Knut Gottlieb lümmelte auf dem Stuhl und schien seine Fingernägel zu überprüfen.

»Ist das ein Quiz? Nein, sollte ich?« Mein Freund, hab ruhig 'ne große Klappe, den Zahn werde ich dir schon ziehen. Goselüschen gönnte sich den Anflug eines Lächelns.

»Beim Jugendstift. Klingelt es jetzt?« Offensichtlich, wie sein Gesichtsausdruck verriet. Auch die Hand verschwand sofort vom Tisch und er setzte sich aufrecht hin.

»Äh, nein«, log er.

»Ich kam vorbei, als sie meinten, eine junge Frau äußerst unsanft gegen eine Steinmauer schleudern zu müssen ...«

»Ach das.« Er lachte nervös. »Ja, jetzt weiß ich es wieder. Und deswegen sind Sie hier? Puh, die Polizei muss ja ganz schön Langeweile haben. Das war nichts, eine Kleinigkeit. Wir hatten uns nur ein wenig in den Haaren und ihr ist ja auch nichts passiert. Das ist normal bei uns.« Wenn das mittlerweile zur Normalität gehören sollte, war Goselüschen froh darüber, nicht normal zu sein.

»Worum ging es bei diesem Streit?« Knut schaute auf die Tischplatte und schüttelte den Kopf.

»Lappalien. Hab ich schon wieder vergessen.«

»Wenn Sie sich bei Lappalien so aufführen, möchte ich nicht wissen, wie Sie bei anderen, wichtigeren Problemen reagieren. Aber das nur am Rande. Sie kannten Swea Hendrickson?« Knut schluckte, bevor er antwortete.

»Swea Hendrickson? Ja, oberflächlich, warum?«

»Wie gut kannten Sie sich?«

»Ich sagte doch: oberflächlich. Wozu ist das wichtig? Swea ist tot und begraben.« Knut Gottlieb schüttelte den Kopf und verschränkte seine Arme vor der Brust.

»Haben Ihre Eltern nicht mit Ihnen darüber gesprochen?«

»Wovon reden Sie überhaupt?« Goselüschen lehnte sich zurück und beobachtete ihn, während er erzählte, dass Swea höchstwahrscheinlich nie begraben wurde und später als Wasserleiche aufgetaucht war. Ihm fiel auf, dass es kaum eine Gefühlsregung im Gesicht Knuts gab. Allerdings ließen dessen Pupillen auch den Schluss zu, dass er sich vor kurzem etwas eingeworfen haben musste, was sich auf seine Reaktion auswirkte.

»Und da so etwas äußerst ungewöhnlich ist, liegt uns natürlich sehr daran, diesen Sachverhalt aufzuklären. Also, wie gut kannten Sie Swea?«

»Nur flüchtig. Ich hab sie ein paar mal gesehen – drüben im Stift.«

»Hatte sie Freunde dort? Oder wenigstens jemanden, mit dem sie sich unterhalten hat, wenn sie dort war?«

»Keine Ahnung, Mann. Ich hab sie nicht beobachtet.« Jetzt kontrollierte er wieder seine Fingernägel und begann, an ihnen zu kauen.

»Sie wussten aber, dass Swea hier bei Ihrem Vater aufgebahrt war?«

»Natürlich, mein Alter ließ ja keine Gelegenheit aus, zu betonen, wie tragisch das wäre.«

»Als wir Sweas Sarg geöffnet haben, fanden wir darin zwei Säcke Blumenerde – mit Ihren Fingerabdrücken darauf. Wie erklären Sie sich das?« Die Farbe aus Knuts Gesicht näherte sich der weißen Tapete hinter ihm an.

»Ich, äh, was für Säcke? Keine Ahnung!«

»Säcke, die aus dem Lager neben der Trauerhalle stammten.« Knut schien krampfhaft nachzudenken, dann platzte es aus ihm heraus.

»Das ist ganz einfach. Ich musste ein paar Tage aushelfen, weil mein Alter seinen Angestellten rausgeworfen hatte. Da hab ich die Lieferung ins Lager wuchten müssen«, ratterte er runter. Goselüschen musste zugeben, dass diese Erklärung einleuchtend war, obwohl ihm Knuts Verhalten mehr als suspekt erschien.

»Wissen Sie, wie es wirtschaftlich um die Firma steht?«

»Was meinen Sie nun damit schon wieder?«

»Ob Ihre Eltern in finanziellen Schwierigkeiten sind. Das zumindest wurde uns zugetragen und die Strafe, die für die Einstellung Ihres Verfahrens von Ihrem Vater gezahlt wurde, war ja auch nicht ohne.«

»Davon weiß ich nichts. Ich verstehe mich nicht sonderlich gut mit ihm. Und es ist mir auch vollkommen egal. Vielleicht wäre es sogar besser, wenn er die Firma aufgibt und am besten von hier wegzieht.«

»Sie sind –«, Goselüschen blätterte in seinem Block, »20 Jahre alt. Wenn Sie es hier nicht aushalten, warum ziehen Sie nicht aus? Ich meine, wenn das hier alles so unerträglich für Sie ist ...« Knut schnaubte verächtlich und erhob sich von seinem Stuhl.

»Ich glaube nicht, dass Sie das etwas angeht. Wollen Sie sonst noch was? Ich habe zu tun.« Er ging schnell zur Tür und hielt sie wartend auf.

»Nein«, sagte Goselüschen und tat es ihm nach. »Danke für das Gespräch.«

Ihm fröstelte etwas, als er vom Hof fuhr. Es bestätigte sich ihm einmal mehr, dass es hinter den schönsten Fassaden öfter bröckelt, als man vermutet.

***

Pauline Schröter wirkte auf Maria für ihre 17 Jahre optisch noch ziemlich kindlich. Sie trug zwei Zöpfe, die seitlich vom Kopf abstanden, und sie war etwas pausbäckig. Würden Sommersprossen ihr Gesicht verzieren und die blonden Haare einer Rotfärbung unterzogen werden, könnte sie fast als *Pipi Langstrumpf*-Double durchgehen. Während des Gesprächs jedoch hatte sie das Gefühl, einer Mittzwanzigerin gegenüber zu sitzen. Sowohl von der Stimmlage, die nichts Kindliches hatte, als auch von der Ausdrucksweise her kam sie sehr erwachsen rüber.

»Und deswegen«, sagte Maria, nachdem sie den Grund ihres Besuches erläutert hatte, »versuchen wir herauszufinden, was vor Sweas Tod passiert ist, weil das möglicherweise der Schlüssel zu dem sein könnte, was ihr danach widerfahren ist.« Pauline hörte ihr aufmerksam zu und sammelte sich, bevor sie antwortete.

»Ich möchte Ihnen gerne helfen, Frau Kommissar, aber es ist so, dass ich mit Swea in den Monaten vor ihrem Tod kaum noch Kontakt hatte.«

»Wieso? Ihr Vater meinte, ihr wärt Freundinnen gewesen.«

»Ja, früher schon. Aber wir haben uns sozusagen auseinandergelebt.« Maria bemerkte an Paulines Tonfall, dass sie es sehr bedauerte.

»Mh. Weißt du denn, mit wem sie Kontakt hatte?«, fragte Maria, die von Pauline gebeten worden war, sie zu duzen.

»Meist hing sie wohl zu Hause ab oder sie war in diesem Jugendhaus in Norden. Ich glaube, da fühlte sie sich wohler als daheim oder bei mir.« Maria hörte die Traurigkeit in der Stimme des Mädchens.

»Also weißt du nichts von neuen Freunden?«

»Nein«, sagte sie schnell. Zu schnell, fand Maria. »Bist du sicher? Denk doch nochmal genau nach.«

»Nun«, druckste sie herum, »ich hatte ihr versprochen, dass ich es niemandem erzähle ...«

»Lass dir Zeit.«

»Sie hatte einen Freund, beziehungsweise eher ein Verhältnis«, begann sie zögerlich und mit jeder Silbe spürte Maria, wie unangenehm es ihr war, doch ihre Neugierde wuchs und sie hatte es im Gefühl, dass sie durch diese Informationen einen großen Schritt weiter kommen würden.

»Und wieso durftest du es nicht verraten?«

»Weil es ihn in Schwierigkeiten bringen würde, meinte sie damals. Ich hatte ihr freundschaftlich von der Affäre abgeraten – was dazu führte, dass sie quasi mit mir Schluss gemacht hat, wenn Sie verstehen.«

»Ja, sie hat dir die Freundschaft gekündigt. Aber es wäre wirklich wichtig, wenn du mir den Namen sagen würdest, vielleicht kann er etwas zur Aufklärung beitragen. Wobei ich bereits eine Vermutung habe, um wen es sich dabei handelt.« Pauline blickte ihr in die Augen und nickte leicht.

»Ich denke, Sie vermuten richtig. Es war Murat, der den Jugendstift leitet.«

»Okay. Wie lange ging das mit den beiden?« Bingo, also hat sich mein Bauchgefühl mal wieder bestätigt.

»Das kann ich nicht genau sagen. Vielleicht zwei, drei Monate. Sie haben es natürlich vor allen verheimlicht und sich wenn, dann irgendwo auswärts getroffen. Ein oder zweimal auch bei dem Wohnwagen, in dem sie gefunden wurde.« Maria stand auf und nahm Pauline, der die Tränen über die Wangen liefen, in den Arm.

»Du vermisst sie sehr, richtig?« Pauline schluchzte und Maria reichte ihr ein Taschentuch.

»Ja, das können Sie sich gar nicht vorstellen.« Oh doch, meine Liebe, das kann ich. Maria spürte einen Stich im Herzen, als sie unweigerlich an ihren

Exfreund Kurt denken musste, der noch für eine lange Zeit im Gefängnis würde schmoren müssen. Aber das war eine andere Geschichte.

Maria versuchte ein paar Minuten, Pauline auf andere Gedanken zu bringen, und als sie das Gefühl hatte, dass sie sich wieder gefangen hatte, machte sie sich auf den Weg.

Kapitel 11

Langsam schienen die ersten Nebelschwaden zu weichen, die wie Sirup – zähflüssig und undurchsichtig – ihren Fall umgaben und die Wahrheit darunter verbargen.

»Das ist ja ein Ding. Kommt das raus, kann er seinen Job vergessen«, sagte Goselüschen, nachdem ihn Maria über die Affäre zwischen Swea Hendrickson und Murat Aman aufgeklärt hatte.

»Was heißt hier wenn? Wir wissen es bereits.«

»Warte erstmal ab, was er dazu sagt, Maria. Wir haben bisher nur die Aussage dieser Pauline. Wer weiß schon, welche Version uns Murat nachher auftischen wird. Und mir persönlich wäre es recht egal, wenn zwischen den beiden kein Abhängigkeitsverhältnis vorlag. Ansonsten wäre es aber auch ein Fall für die Sitte.«

»Okay, du hast recht. Und er kam mir jetzt auch nicht wie jemand vor, der seine Position ausnützen müsste, um an ein Mädel zu kommen«, gestand Maria im Hinblick auf das attraktive Erscheinungsbild des Jugendinstitutsleiters und sein einnehmendes Wesen ein. Sie warf einen Blick auf ihre zitronengelbe Swatch-Uhr. »Wenn wir uns ranhalten, erwischen wir ihn noch, bevor die zuschließen.«

»Boah, kann ich nicht einmal in Ruhe meinen Kaffee austrinken?« Er nahm einen Schluck und schüttete den Rest aus der Tasse in den Topf mit dem Elefantenfuß, der auf der Fensterbank sein Leben fristete.

»Dein Ernst?«

»So dient er noch einem höheren Zweck. Die Pflanze bekommt immer nur Wasser – gönn ihr doch die Abwechslung. Rosen mögen schließlich auch Kaffeesatz als Dünger. Besser als das gute Zeug in den Ausguss zu kippen.« Maria seufzte und wenige Minuten später saßen beide im Wagen.

Tatsächlich erreichten sie die Tür der Wohngruppe in dem Moment, als Murat Aman den Schlüssel von innen ins Schloss steckte. Er zog die Augenbrauen hoch und zuckte gleichzeitig etwas zusammen. Offensichtlich hatte er mit niemandem an der Tür gerechnet. Er öffnete sie einen Spalt und steckte seinen Kopf zur Hälfte hinaus.

»Guten Abend. Wollen Sie zu mir?«

»Moin, Herr Aman. Genau, zu Ihnen wollen wir. Haben Sie etwas dagegen, uns reinzulassen?«

»Was? Äh, nein, Herr Goselüschen. Kommen Sie rein – Sie beide.« Er trat zurück und seine Hand zeigte eine kurze einladende Geste. »Gehen wir doch in mein Büro.« Die Kommissare traten ein und warteten, bis er abgeschlossen hatte und vorausging. »Was kann ich heute für Sie tun? Bitte, setzen Sie sich doch.«

»Herr Murat, uns ist zu Ohren gekommen, dass Sie uns etwas verschwiegen haben bezüglich Swea Hendrickson«, sagte Goselüschen in neutralem Ton.

»Äh, was meinen Sie? Ich verstehe nicht«, druckste er und sah im Wechsel zu Maria und Goselüschen.

»Sie sagten, dass sie sich häufiger hier aufgehalten hat.« Goselüschen machte eine kurze Pause, in der Murat zur Bestätigung nickte. »Was Sie uns jedoch unterschlagen haben, ist, dass Sie eine Affäre mit ihr hatten.« Bäm, der hat gesessen, dachte Maria, die die Miene ihres Gegenübers beobachtete. Kurz, ganz kurz, waren ihm die Gesichtszüge entglitten, dann hatte er sich wieder unter Kontrolle. Zu spät, mein Lieber, deutlicher konnte eine nonverbale Bestätigung nicht ausfallen, und das wusste sie nicht erst, seit sie die Serie *Lie to me* verfolgt hatte, in der es um das Erkennen von Lügen aufgrund der Gestik, Mimik oder Tonlage ging.

»Wie kommen Sie denn darauf?«, schrie er fast, wobei sich seine Stimme leicht überschlug. Komm schon, sei ein Mann, gib es einfach zu und erspare uns dieses Kasperletheater. Er tat ihr momentan zwar ein wenig leid, wie er sich wand, da aber die Möglichkeit, dass er mit dem Tod des Mädchens etwas zu tun haben könnte, nicht von der Hand zu weisen war, hielt sich dieser Anteil in sehr überschaubaren Grenzen.

»Wir haben eine Quelle, die uns glaubwürdig erscheint.«

»Nein, nein, da will mir einer etwas anhängen.«

»Warum sollte jemand das tun? Hören Sie, wir können das folgendermaßen machen: Entweder werden wir jeden, ich betone, jeden in Ihrem privaten und dienstlichen Umfeld daraufhin befragen – oder, Sie kürzen das ab und rücken mit der Sprache heraus. Ihre Entscheidung.«

»Das können Sie nicht machen! Das ist Rufmord oder Verleumdung!« Schweißperlen glänzten auf seiner Stirn und sein südländischer Teint schien dunkelrot zu glühen.

»Das sehen Sie falsch. Selbstverständlich dürfen wir aufgrund der Sie belastenden Zeugenaussage in alle Richtungen ermitteln. Ich denke —«, er blickte zu Maria, »wir beginnen mit seinem Arbeitgeber. Was meinst du?«

»Nein, ich denke, wir beginnen mit seinen Eltern.« Murat blickte immer hektischer.

»Was? Nein! O Gott! Hören Sie —.« Er faltete seine Hände und senkte seine Stimme. »Ich bin nicht so einer. Also, ich steh nicht auf Kinder, meine ich. Das müssen Sie mir glauben!« Mit flehendem Blick fuhr er fort: »Mit Swea, das war etwas Besonderes. Wenn Sie sie gekannt hätten, würden Sie mich vielleicht verstehen. Sie war nicht einfach so ein Mädchen, sie war eine junge Frau.« Maria dachte an Pauline, die Freundin Sweas. Wenn Sweas Verhalten dem von Pauline auch nur annähernd geähnelt hatte, verstand sie genau, was er damit meinte.

»Also hatten Sie eine Affäre mit ihr?«, hakte Goselüschen nach. Murat senkte den Blick.

»Ja ... nein, es war keine Affäre. Ich habe sie geliebt. Und sie mich. Ich habe mich damals lange gewehrt, meinen Gefühlen nachzugeben, aber irgendwann konnte ich das nicht mehr. Wir wollten bis zu ihrer Volljährigkeit warten, bevor wie es öffentlich machen. Bis dahin konnten wir uns nur heimlich treffen.«

»Okay«, sagte Maria. »Die Details interessieren uns erstmal nicht. Wir wollen wissen, was damals wirklich geschehen ist und warum man sie aus ihrem Sarg geholt hat. Also?« Murat sah ihr fest in die Augen und schüttelte den Kopf.

»Nein, nein, nein, damit habe ich nichts zu tun. Also nicht direkt. Hören Sie, sie kam drei Tage vor ihrem Tod zu mir, hierher. Es hatte wieder mächtig Stress mit ihren Eltern gegeben und sie wollte einfach weg. Da wir wussten, dass ihre Eltern sie hier zuerst suchen würden, hatte ich ihr den Wohnwagen vorgeschlagen.«

»Erzählen Sie weiter«, munterte Goselüschen ihn auf, während er fleißig Notizen machte.

»Swea war einverstanden unter der Voraussetzung, dass ich hin und wieder vorbeikäme. Am Abend vor dem Tag ihres Todes war ich auch dort, hab ihr was zu essen und zu trinken gebracht und sie davon überzeugt, dass sie höchstens ein paar Tage dort bleiben sollte und wir später in Ruhe nach einer gemeinsamen Lösung suchen sollten. Das lässt sich besser machen, wenn die Polizei und ihre Eltern nicht nach ihr suchen. Und auch damit war sie einverstanden. Ich bin am nächsten Morgen mit der ersten Fähre zurückgefahren, hab mich noch vor der Dämmerung vom Campingplatz geschlichen. Und am Abend bekam sie dann den Schock.« Die letzten Worte verschluckte er fast, seine Stimme klang gebrochen und statt der Schweißperlen rannen ihm nun Tränen über das Gesicht.

»Hatten Sie noch eine Abschiedsparty mit ihr oder warum haben Sie den Schnaps mitgebracht? Gehört das zu einer soliden Ernährung eines Teenies mit Diabetes?«

»Schnaps? Was für Schnaps? Ich habe ihr ein paar Dosen Energiedrink, Schokoriegel und Brötchen gebracht.«

»Nehmen wir mal an, es war so. Wo waren Sie am Abend, als sie starb?« Wieder blickte er zu Boden.

»An diesem Abend war ich zu Hause. Allein.« Dann sagte er eindringlich zu den Kommissaren: »Ich weiß, wie sich das anhört, aber Sie müssen mir einfach glauben! Ich hätte sie niemals einfach so liegenlassen. Warum sollte man sowas überhaupt tun?« Er vergrub sein Gesicht in seinen Händen. »Ich habe sie doch geliebt.«

»Nun«, begann Goselüschen, »vielleicht stimmt das, vielleicht wurde Ihnen die Sache auch zu heiß und Sie wollten die Beziehung beenden. Und damit Swea gar nicht erst auf den Gedanken kommt, das auszuplaudern oder sie womöglich damit erpressen könnte, haben Sie sich ihrer entledigt.«

»Was? Äh – Sie meinen, Sie meinen, ich hätte ihr nicht nur nicht geholfen, sondern ich hätte sie bewusst – ermordet?«, stammelte er unter Tränen.

»Ich meine gar nichts«, erwiderte er ungerührt. »Wir ermitteln in alle Richtungen, das ist Routine.«

***

Richtig weitergebracht hatte sie dieses Gespräch mit Murat Aman nicht, ging Maria durch den Kopf. Sie hatte gerade ihren Kollegen zu Hause abgesetzt und merkte, dass es Zeit würde, ins Bett zu kommen. Der Tag hatte sie deutlich mehr geschlaucht, als sie es wahrnahm.

Pinky erwartete sie bereits in seiner typisch fordernden Art. Demonstrativ wandte er ihr im Flur den

Rücken zu – sie hatte sich gebückt, um ihn zu streicheln – und schritt majestätisch in Richtung Küche, um neben seinem leeren Napf zu verharren.

»Ist ja gut, du Pascha, du bekommst gleich deine herrschaftliche Mahlzeit.« Sie stand neben ihm am Kühlschrank und überraschte ihn, indem sie sich blitzschnell zu ihm neigte und ihm über den Kopf streichelte. Seine Augen schienen sie anzufunkeln und sein Schwanz richtete sich kerzengerade auf. »Wow, ist ja gut, ist ja gut«, sagte sie lachend und servierte ihm sein Fressen.

Später im Bett, sie hatte nach einer Stunde Zappen durch die verschiedenen Programme ihren Fernsehabend zu Gunsten des Schlafzimmers aufgegeben und sich anstelle dessen mit ihrem E-Reader ins Bett gelegt. Doch nach zehn Minuten Romancestory einer neuen Autorin, die sie bisher nicht kannte, und, gemessen an deren schwülstigem Schreibstil auch gar nicht näher kennenlernen wollte, löschte sie das E-Book im Mobiformat, legte den Reader beiseite und schaltete das Licht aus.

Irgendwie konnte sie sich nicht vorstellen, dass Murat Aman etwas mit dem Tod und dem Verschwinden Swea Hendricksons zu tun hatte. Zu aufrichtig klang er heute und er müsste schon ein verdammt guter Schauspieler sein, wenn er sich dermaßen verstellen konnte. Nein, er hatte die Wahrheit gesagt, sie würden woanders suchen müssen. Obwohl, so ihr letzter Gedanke vor dem Einschlafen, sie keinen Schimmer hatte, wo sie etwas finden könnten.

Kapitel 12

Am Morgen meinte auch Goselüschen, dass sie sich wahrscheinlich in etwas verrannt hätten. Maria wusste dem nichts entgegenzusetzen, selbst ihr Bauchgefühl artikulierte sich mittlerweile nicht mehr eindeutig. Dazu passend steckte gegen Mittag ein Kollege seinen Kopf in ihre Tür.

»Die Dünemann will euch sehen.«

»Danke, Dirk«, erwiderte Goselüschen.

»Kein Ding«, meinte Dirk grinsend und verschwand.

»Lass es uns gleich hinter uns bringen, okay?«

»Okay, Blondie, lass mich nur schnell den Bericht hier fertigtippen.«

»Klar, auf die paar Minuten wird es nicht ankommen.«

Marion Dünemann blickte kurz von ihrer Akte auf und wies den beiden zwei Stühle vor ihrem Schreibtisch zu.

»Sie wollten uns sprechen?« Es vergingen ungefähr dreißig Sekunden, Maria kam es wie Minuten vor, bis ihre Chefin ihren Ordner zuklappte und die beiden ansah. Sie schob ihre Lesebrille hoch, sodass sie mittig auf ihrem Kopf steckenblieb, den eine Kurzhaarfrisur umrahmte.

»Also, gibt es irgendwas Neues in der Sache Hendrickson?«

»Ehrlich gesagt stecken wir in einer Sackgasse«, gestand Maria. Ihr Kollege nickte bestätigend.

»Nichts. Wir haben uns heute Morgen bereits darüber unterhalten und wissen im Moment auch nicht, wo wir noch ansetzen sollen.« Er fasste kurz den vergangenen Tag zusammen. Ins komplette Bild gesetzt atmete Dünemann tief durch.

»Wir müssen damit klarkommen, dass wir nicht alles aufklären können. Doch wir sind unserer Pflicht nachgekommen und Sie beide sind allen Hinweisen in der gegebenen Sorgfalt nachgekommen. Machen Sie einen Deckel auf die Akte. Ich kann den personellen Aufwand für so ein Delikt – auch wenn es widerwärtig ist – nicht weiter rechtfertigen. Wir haben hier echte Fälle, die aufgeklärt werden wollen. Sind wir uns einig?« Goselüschen und Maria schauten erst sich und dann ihre Chefin an und nickten. »Gut, das war´s. Mehr wollte ich nicht.« Sie klappte ihren Aktenordner auf und vertiefte sich in ihre Dokumente. Das war´s dann wohl tatsächlich, dachte Maria und verließ mit ihrem Kollegen das Büro.

»Ich weiß, dass dich das nicht loslässt, aber versuch trotzdem, deinen Kopf frei zu kriegen, Maria.«

»Ja klar.« Er kennt mich einfach zu gut und weiß ganz genau, dass ich das so schnell nicht vergessen kann. Abgesehen davon, dass wir den Eltern Swea Hendricksons niemals werden sagen können, was wirklich mit ihrer Tochter geschehen ist. Dennoch war auch ihr bewusst, dass die Dünemann im Rahmen ihrer Verantwortlichkeiten richtig entschieden hatte.

»Es wurmt mich halt, da kann ich nicht raus aus meiner Haut.«

»Das weiß ich, versuch es trotzdem.«

***

Es ging bereits auf den Feierabend zu, Maria suchte gerade im Archiv nach einer alten Akte, da läutete das Diensttelefon im Büro.

»Kripo Aurich, Goselüschen am Apparat.« Kurz war er versucht, den Anrufer abzuwimmeln und das Gespräch elegant unter den Tisch fallen zu lassen. Doch wie es sich für einen Beamten des Landes Niedersachsen gehörte, hielt er sich an die Vorschriften. Keine zehn Minuten später rief der Mann erneut an und Goselüschen beendete das Telefonat im selben Moment, in dem Maria wiederkam. Sie warf eine mit Zetteln gefüllte Klarsichthülle auf den Schreibtisch und griff nach ihrer Jacke.

»Feierabend, oder was meinst du?«

»Setz dich.«

»Was? Warum?« Goselüschen grinste sie debil an.

»Setz dich einfach und hinterfrag nicht alles.« Maria schüttelte den Kopf, tat aber trotzdem, worum er sie gebeten hatte.

»So, ich sitze. Und nun?«

»Pass auf«, begann er, »ich hatte gerade einen Anruf, besser gesagt, zwei Anrufe von einem Helmut Torkel aus Bottrop.« Maria runzelte die Stirn.

»Soll mir das was sagen?«

»Natürlich. Das ist der Camper, auf dessen Rückruf ich gewartet habe.«

»Ah, jetzt klingelt es. Wat sacht er?«

»Also, er hat es sehr ausführlich geschildert, ich fasse es mal zusammen. Er hat am Abend des Todes Swea Hendrickson mit einem Mann in ihren Wohnwagen steigen sehen.«

»Sag bloß, doch der Murat?« Wie elektrisiert erwartete sie seine Antwort.

»Nur, wenn Murat Aman zu der Zeit blondierte Haare getragen hat.« Maria zog die Augenbrauen hoch.

»Knut Gottlieb? Dein Ernst? Wir müssen ihm sofort ein Bild schicken, ob er ihn wiedererkennt.«

»Ruhig, Blondie, der Fall ist abgeschlossen«, sagte er mit einem breiten Grinsen. Maria kannte diesen Gesichtsausdruck zu gut und konnte selbst ein kleines Lächeln nicht unterdrücken.

»Du hast es ihm schon geschickt.« Goselüschen nickte. »Und er hat ihn erkannt.« Das Grinsen wurde breiter.

»Einhuuunderttausendprozentich, wie der Helmut Torkel sagen würde.«

»Aber das heißt ja –.«

»Das heißt erstmal nichts. Und ich glaube nicht, dass die Dünemann deshalb wieder grünes Licht geben wird«, nahm er seiner Kollegin sofort den Wind aus den Segeln. »Das ist sicher eine interessante Information, aber nichts, womit wir argumentieren können, weiterhin Steuergelder zu versenken.«

»Hm, damit hast du wohl recht.« Maria blickte hinaus in die einsetzende Dämmerung. Plötzlich war ihr gerade verschwundenes Lächeln wieder da. »Was aber ja nicht heißt, dass wir uns in unserer Freizeit nicht ein wenig umhören können.«

»Dagegen kann niemand etwas haben – außer Sylvia und Pinky vielleicht.«

»Eben.«

»Heute Abend muss ich dich aber leider enttäuschen. Sylvia hat mich zwangsverpflichtet, mit ihr ins Kino zu gehen. Aus der Nummer komm ich nicht raus, so gern ich auch wollte.«

»Oh, was läuft denn?« Maria freute sich für ihren Kollegen, dass es mit seiner Ex-Frau, die ihn vor über einem Jahr wegen eines Fehltrittes vor die Tür gesetzt hatte, seit einiger Zeit wieder gut lief. So gut, dass sie mit ihm zusammen nach Aurich gezogen war.

»Frag mich nicht, irgend so eine romantische Komödie mit keine Ahnung wem.«

»Ja ja, was tut Mann nicht alles für Sex.«

»So ist es.«

Wenn du dich im Kino amüsierst, kümmere ich mich halt selbst drum. Ein kleiner Abstecher nach Norden kann nicht schaden, außerdem gibt es dort auch eine hervorragende Fischbude – vielleicht schaffe ich es noch, bevor sie schließen. Dann hätte auch mein Abend noch ein Highlight.

***

Maria schaffte es nicht. Ist auch besser, wenn ich nicht mit einer Fischfahne bei Gottlieb auftauche, dachte sie schmunzelnd, obwohl ihr Magen schon bedenklich knurrte. Der würde sich halt noch etwas gedulden müssen, zu Hause warteten Berge von Joghurt im Kühlschrank.

Im Gegensatz zur Fischbude brannte hinter den Fenstern des Beerdigungsinstituts noch Licht. Auf dem Hof hielt ein Kleinlaster, dessen Laderampe heruntergelassen war. Ein Mann, vermutlich der Fahrer, zog mit einer Ameise, wie die Handhubwagen auch genannt wurden, eine Palette mit in Folie eingeschweißten Säcken herunter. Er stellte sie vor dem Nebeneingang, der zur Trauerhalle führte, ab.

»Moin«, rief Maria dem Fahrer zu und näherte sich der Lieferung. Die gleiche Blumenerde, die sie im Sarg Hendricksons gefunden hatten.

»Moin, schöne Frau«, flirtete der Mann mit der Strickmütze und zwinkerte Maria zu.

»Wie oft liefern Sie die Erde hierher?«

»Hä? Wozu willst denn das wissen, Mädel?«

»Ach, nur Neugierde.«

»Von März bis Dezember alle vier Wochen eine Palette, warum?«

»Danke«, sagte Maria und zwinkerte zurück. Sie nahm den interessierten Blick des Fahrers wohlwollend zur Kenntnis – es tat immer gut, angeflirtet zu werden, und der Mann sah nicht einmal schlecht aus – bevor sie sich umdrehte und zum Vordereingang ging. Sie öffnete die Tür und betrat den Empfangsraum.

»Guten Abend, Frau – Fortmann, richtig? Was kann ich für Sie tun?«

»Moin, Frau Gottlieb. Richtig, Maria Fortmann. Ich habe noch ein paar Fragen an Ihren Sohn.« Die Angesprochene seufzte leise.

»Da haben Sie Pech, er ist vor ungefähr zwei Stunden mit seinem Wagen weggefahren. Keine Ahnung wohin.«

»Okay, dann wissen Sie auch nicht, wann er wiederkommt?«

»Tut mir leid. Aber ich kann Ihnen seine Handynummer geben.« Maria zückte ihr Smartphone, drückte darauf herum und blickte erwartungsvoll zu Monika Gottlieb. Sie gab die von Gottlieb diktierte Nummer ein und steckte es in die Tasche zurück.

»Danke. Eine Frage habe ich noch bezogen auf die Anlieferung draußen.«

»Ja?« Die Frage schien sie mehr zu überraschen als die nach ihrem Sohn.

»Der Fahrer meinte, er würde einmal im Monat Erde bringen.« Monika Gottlieb nickte. »Könnten Sie mir die Lieferscheine von den Lieferungen heraussuchen, die um das Datum der Beerdigung Swea Hendricksons herum gekommen sind?«

»Wenn das wichtig ist, gern, das ist gar kein Problem. Einen Moment.« Sie verschwand im Nebenzimmer und kehrte mit einem schwarzen Aktenordner zurück, den sie auf den Tresen legte und aufschlug. Sie befeuchtete ihre Finger und blätterte zielsicher durch die Lieferscheine, bis sie auf einen tippte. »Hier, das ist die Lieferung davor und, ja, genau, hier ist die danach.« Maria notierte sich die Daten, an denen der Empfang quittiert worden war.

»Könnten Sie mir noch den davor zeigen?«

»Ja sicher. Hier ist er.« Sie schloss den Ordner und biss sich auf die Unterlippe. »Frau Fortmann, werden Sie das aufklären können?« Etwas überrascht von dieser Frage antwortete sie:

»Ehrlich gesagt, ich weiß es nicht. Aber ich werde mein Möglichstes dafür tun.«

»Danke, ich hoffe, Sie schaffen es«, erwiderte Monika Gottlieb mit einem warmen Lächeln. »Die ganze Sache setzt uns sehr zu. Mein Mann kann sich das alles überhaupt nicht erklären.«

»Das verstehe ich, Frau Gottlieb, glauben Sie mir«, erwiderte Maria. »Ich danke Ihnen. Und falls ich Ihren Sohn nicht erreiche, richten Sie ihm bitte aus, dass er sich bei mir melden möchte.« Mit diesen Worten legte sie ihre Visitenkarte auf den Ordner und verabschiedete sich.

Im Auto wählte sie die Nummer von Knut Gottlieb, der das Gespräch jedoch nicht annahm. Stattdessen meldete sich die Mailbox, auf der Maria um einen Rückruf bat.

Sie trommelte mit den Fingern auf dem Lenkrad und schaute auf die Uhr. Der Kinofilm begann in etwa einer Stunde, mit etwas Glück würde sie Goselüschen noch erreichen. Sie wischte über das Display und drückte auf die Schnellwahltaste 1. Nach dem fünften Läuten wollte sie bereits auflegen, da knackte es kurz in ihrem Lautsprecher.

»Was willst du? Ich hab Feierabend«, hörte sie ihn grummeln und schmunzelte.

»Ich steh noch vor der Firma von Gottlieb, der Sohn ist ausgeflogen. Seine Mutter hat mir seine Nummer gegeben, er geht aber nicht ran.«

»Und deswegen nervst du mich? Das hättest du mir auch morgen erzählen können, Blondie.«

»Pass auf«, fuhr sie, seinen Einwand ignorierend, fort. »Ich habe mir die Lieferscheine für die Blumenerde angesehen, dabei ist mir etwas aufgefallen.«

»Ach ja? Mach es nicht so spannend, ich muss mich mental auf die Romanze vorbereiten.«

»Sowohl Knut Gottlieb als auch Sven Mittag gaben an, die Säcke herumgetragen zu haben, was ja auch die Fingerabdrücke von beiden erklärt, die wir auf denen im Sarg gefunden haben.«

»Ja und?«

»Knut sagte aber, er hatte erst ausgeholfen, als Mittag schon gefeuert worden war. Und nun kommt es: Die neue Lieferung kam einen Tag, nachdem er entlassen wurde, demnach einen Tag, bevor Swea Hendrickson beerdigt wurde.« Eine kurze Pause entstand, Maria konnte ihren Kollegen fast denken hören.

»Ich verstehe, worauf du hinauswillst. Aber vielleicht waren noch Säcke der letzten Lieferung da, auf denen sich logischerweise auch Fingerabdrücke von Mittag befanden, und die hat Knut Gottlieb obendrauf gepackt.«

»Vielleicht, wenn er die neue Palette mit dem Hubwagen hineingezogen hätte, aber er sagte ja, er musste sie einzeln schleppen.«

»Okay, darüber muss ich nochmal nachdenken. Was hast du jetzt vor?«

»Nun, da du mich nicht ins Kino eingeladen hast, werde ich Sven Mittag noch eben einen Höflichkeitsbesuch abstatten und ihn damit konfrontieren.«

»Ich dachte mir, dass du die Füße nicht bis morgen stillhalten kannst. Schreib mir `ne Nachricht, was er gesagt hat.«

»Mach ich, viel Spaß mit Sylvia im Kino. Grüß sie schön.«

»Spaß am Arsch, aber danke, richte ich aus.«

Kapitel 13

Bevor Maria aufbrach, hielt sie beim Supermarkt an der Ecke. Ein Hoch auf die langen Öffnungszeiten, dachte sie, auch wenn ihr die Beschäftigten leidtaten, die bis spät abends und fast jedes Wochenende an der Kasse sitzen oder die Regale befüllen mussten. Wobei sie selbst alles andere als geregelte Dienstzeiten hatte. Sie fühlte sich dadurch nicht eingeschränkt oder benachteiligt – zu sehr liebte sie ihren Job, auch wenn er sie manchmal an ihre Grenzen trieb. Aber das musste ja nicht bei allen so sein. Sie bezahlte die Batterien und tauschte sie im Auto gegen die leeren aus der Stabtaschenlampe. Noch einmal wollte sie nicht ohne Beleuchtung über das Geröllfeld vor dem Haus Mittags staksen, erst recht nicht, wenn sie dort allein hinging und niemand ihr helfen könnte, sollte sie sich zum einen den Knöchel brechen und zum weiteren Sven Mittag nicht zu Hause sein.

»Auf geht´s«, sagte sie, legte die Taschenlampe auf den Beifahrersitz und fuhr vom Parkplatz.

Dieses Mal erreichte sie das Haus, ohne ein gemeingefährliches Ausweichmanöver in der letzten Kurve vor der Zufahrt bewerkstelligen zu müssen. Hatte Gose eigentlich das Kennzeichen des Irren weitergegeben, der sie letztens geschnitten hatte? Gesagt hatte er jedenfalls nichts davon. Na ja, ist auch egal.

Der Hof sah aus wie bei dem letzten Besuch, mit der Ausnahme, dass ein Damenfahrrad ein paar Meter neben der Haustür auf dem Boden lag. Damenbesuch?

Ich möchte gern sehen, wie die Frau aussieht, die sich mit einem Mann einlässt, der sich derart gehen lässt.

Dank der frischen Energiespender warf die Taschenlampe ein helles Licht, das es Maria ermöglichte, ohne Zwischenfälle und deutlich schneller als beim letzten Mal das Haus zu erreichen. Sie stutzte etwas, weil die Haustür nicht verschlossen, sondern lediglich angelehnt war. Trotzdem klingelte sie. Nichts passierte. Sie klingelte abermals. Als nach einigen Sekunden immer noch niemand reagierte, klopfte sie kräftig an die Tür, die unter der Einwirkung der Schläge knarrend zur Hälfte aufschwang.

»Hallo? Herr Mittag? Sind Sie zu Hause?« Ein Rascheln und eine Bewegung rechts von ihr, die sie aus dem Augenwinkel wahrnahm, ließ sie zusammenzucken und instinktiv nach ihrer Dienstwaffe greifen. Jedenfalls dahin, wo sie während des Dienstes ihre Waffe trug. Verdammt, dachte sie, die liegt wohlbehalten in der Waffenkammer auf der Dienststelle! Ein Quieken unterbrach jäh ihre Gedanken und sie leuchtete dorthin, wo sie die Quelle des Geräuschs vermutete.

Mit einer Mischung aus Ekel und Überraschung beobachtete sie, wie eine fette Ratte im Maul einer eher ausgehungerten Katze um ihr Leben kämpfte. Als Katzenfreundin musste sie nicht überlegen, auf wessen Seite sie gerade stand, und wünschte der Katze einen guten Appetit bei dem anstehenden Mahl. Die Bewegungen der Ratte wurden langsamer und das Quieken war längst vorbei, dann verschwand die Samtpfote mit ihrer Beute aus dem Lichtkegel. Konzentrier dich, Maria! Sie rief ein weiteres Mal und betrat den Flur, nachdem sie vergeblich auf eine Antwort gewartet hatte. Sie befürchtete, gleich Sven Mittag zu überraschen, wie er mit Flecken auf seinem ehemals weißen Unterhemd eine total überschminkte Frau mit Lockenwicklern in den Haaren und einer unreinen, fahlen Gesichtshaut von hinten auf dem Sofa nahm und gleichzeitig eine Flasche Schnaps an den Mund hielt. Das wäre wirklich unangenehm. Schnell verdrängte sie den Gedanken und drang tiefer ins Innere des Hauses vor. Durch den Spalt unter der Tür zum Wohnzimmer fiel etwas Licht auf den Flur. Es wirkte wie ein Leuchtstreifen, der zu einem Notausgang führte.

»Herr Mittag? Fortmann, Kripo Aurich, sind Sie da?« Sie klopfte an der Wohnzimmertür und drückte die Klinke herunter, da niemand reagierte.

***

Sylvia begutachtete ihren Begleiter von oben bis unten als würde sie ihn vermessen.

»Und, nimmst du mich so mit?«

»Ja, ich denke, so bist du vorzeigbar. Wer war das vorhin am Telefon?«

»Maria, ich soll dich grüßen.«

»Danke. War es was Dringendes? Ich meine: Ist unser Abend in Gefahr?« Sie lächelte und zupfte den Kragen ihres Ex-Mannes zurecht, bis er passte.

»Nein, sie jagt wieder mal irgendwelchen Gespenstern hinterher – du weißt ja, sie hat Freizeitprobleme und muss ständig irgendwo herumrühren.«

»Sagt der, den ich nur unter Androhung von Sexentzug zum Urlaubnehmen bewegen kann.« Sie boxte ihm spielerisch in den Bauch. Er kniff die Augen zusammen und brummelte etwas vor sich hin, das Sylvia nicht verstehen konnte und wahrscheinlich auch nicht sollte. »Nun gib Gas, sonst kommen wir nicht rechtzeitig.«

Er tat, wie ihm geheißen, und einige Minuten später kam er die Treppe herunter. Ihm blieb fast die Spucke weg. Sylvia trug ein enganliegendes, knielanges Kleid mit rotblauen Streifen, die ihre Figur und jede ihrer Rundungen perfekt betonten. Ihre schulterlangen, brünetten Haare hatte sie zu einer Hochsteckfrisur gebunden und der Lippenstift passte genau zum Rot der Streifen auf dem Kleid.

»Äh, wir gehen ins Kino, oder? Nicht auf eine Gala.«

»Wenn wir schonmal losgehen, dann auch richtig.« Er trat auf sie zu, legte seine Hände auf ihre Hüften und zog sie zu sich heran.

»Also wegen mir könnten wir auch gleich –.« Sie löste seine Hände von ihrem Becken und schob ihn weg.

»Hör auf zu sabbern«, sagte sie lachend. »Benimm dich anständig, dann gehört das alles nachher dir.« Sie fuhr mit der Hand seitlich ihren Körper hinunter. Er nickte grinsend und schnappte sich die Autoschlüssel aus der Holzschale, die Maria ihnen aus einem Urlaub mitgebracht hatte. Sylvia ging voraus und öffnete die Haustür, da brummte das Handy in seiner Jackentasche.

»Ja?«, sagte er kurz und griff mit der freien Hand in sein lichter werdendes Haupthaar. »Mh, okay. Ja, verstanden.« Er beendete das Gespräch und steckte das Gerät zurück. Er traute sich kaum, Sylvia anzuschauen. Doch sie schien es bereits an seinem Tonfall erkannt zu haben, dass etwas nicht stimmte. »Tut mir leid. Ich muss los.« Zu seinem Erstaunen lächelte sie.

»Job ist Job. Ich werde trotzdem ins Kino fahren. Du hast selbst Schuld, falls mich dort ein gutaussehender, galanter Kerl aufgabelt und abschleppt.«

»Ich liebe dich«, sagte er nur, unendlich erleichtert über ihr Verständnis, gab ihr einen Kuss und verschwand aus der Haustür.

***

Maria schob die Tür auf, der Geruch von kaltem Zigarettenrauch und billigem Fusel schwang ihr entgegen. Sie blickte um die Ecke des Wandschrankes. Was sie dort sah, ließ ihr augenblicklich das Blut in den Adern gefrieren. Sie zuckte zurück und griff abermals erfolglos nach ihrer Dienstwaffe. Was zum Teufel ist hier los? Auf der Couch saßen Knut Gottlieb und Sven Mittag nebeneinander und bei beiden klaffte ein Loch in der Stirn, aus dem ein dünner Blutfaden rann. Die Tapete hinter ihnen war übersät mit Gehirnmasse und Blut, was durch die Austrittswunden am Hinterkopf herausgespritzt sein musste. Sie hielt sich die Hand vor den Mund, schluckte hart und blickte sich schnell um. Ihr Herz pumpte wie verrückt und die Gedanken rasten durch ihren Kopf. Was mache ich jetzt? Bin ich allein? Was war hier nur los? Den Puls der beiden zu suchen, konnte sie sich bei ihren Wunden sparen, denn sollte einer der beiden den Kopfschuss überlebt haben, würde er mangels übriggebliebener Gehirnmasse höchstens als Kopfsalat dahinvegetieren.

Sie eilte nach draußen und rannte zum Auto. Auf halbem Weg knickte sie um und schrie auf vor Schmerz, fing sich jedoch sofort wieder und rief über Funk ihre Kollegen, sobald sie den Wagen erreicht hatte. Dann griff sie zum Handy.

Kapitel 14

Goselüschen traf kurz nach den Kollegen der Tatortgruppe und der Spurensicherung ein. Maria erwartete
ihn neben ihrem Wagen stehend.

»Was ist hier los gewesen?«

»Ich kann es dir nicht genau sagen. Es hat mir niemand geöffnet, aber die Tür war nur angelehnt. Da bin
ich rein und habe die beiden gefunden. Sie saßen mit
einem Kopfschuss nebeneinander auf dem Sofa.
Danach bin ich sofort raus und hab euch angerufen.«
Goselüschen raufte sich die Haare und stieß geräuschvoll den Atem aus.

»Manoman, Mädel. Du hast Schwein gehabt, dass
der Schütze nicht mehr da war.«

»Ja«, sagte sie nur und tastete unbewusst nach ihrer
Dienstwaffe, die ihr von den Kollegen mitgebracht
worden war. Ein Beamter der Tatortgruppe trug einen
Doppelstrahler zur Haustür und reichte das Kabel
einem Kollegen, der es innen in eine Steckdose stöp-
selte. Maria hielt sich die Hand vor die Augen, da einer
der Strahler ihr ins Gesicht blendete.

»Sorry«, rief der Kollege am Doppelstrahler fröhlich
und stellte ihn so ein, dass der Hof vor dem Haus gut
ausgeleuchtet wurde. Sie gingen auf den Eingang zu, in
dem gerade Tatortgruppenleiter Maurer erschien.

»Was habt ihr für uns?«

»Moin, Gose. Das sieht nach professioneller Arbeit
aus. Beide wurden mit einem aufgesetzten Kopfschuss
niedergestreckt und wahrscheinlich vorher mit einem

stumpfen Gegenstand bearbeitet, geht es nach den Blutergüssen, die wir an ihnen gesehen haben.«

»Die Spurensicherung soll jeden Schnipsel einsammeln. Irgendetwas muss der Täter doch hinterlassen haben.«

»Das geb ich weiter, Maria, aber wie gesagt, es scheint ein Profi am Werk gewesen zu sein. Versprich dir nicht zuviel davon.«

»Wie lange sind sie tot?«

»Der Körpertemperatur nach höchstens ein paar Stunden.«

»Höchstens zweieinhalb«, bestätigte Maria nach einem Blick auf die Uhr. »Die Mutter von Knut Gottlieb hat ihn vor etwa drei Stunden wegfahren sehen.«

»Zeugen?«

»Schau dich um, Gose.« Maurer machte eine ausladende Bewegung. »Wo willst du hier einen Zeugen herbekommen?« Bis zum nächsten Haus waren es mindestens 800 Meter Luftlinie und mindestens genauso weit entfernt davon lag das übernächste.

»Vielleicht hat jemand die Schüsse gehört – falls kein Schalldämpfer benutzt wurde.«

»Wir klappern mal die beiden nächsten Nachbarn ab«, schlug sie vor, dann trat sie zu dem Fahrrad. »Das lag beim letzten Mal nicht hier rum, oder?« Sie hockte sich neben das Hinterrad und schaute in Richtung des Waldstückes, das dreiviertel des Grundstückes rahmte und sich hinter dem Haus nach Süden erstreckte.

»Es war stockdunkel. Aber nein, ich glaube nicht, dass es hier lag.«

»Was ist das?« Goselüschen folgte ihr mit dem Blick, wie sie drei Schritte weiterging, sich Einmalhandschuhe überstreifte und mit dem Finger über den Boden strich. »Das ist doch Blut.« Sie ging näher zum Strahler und bewegte Daumen und Zeigefinger gegeneinander. »Und noch frisch.«

»Von den beiden drinnen dürfte das nicht sein. Vielleicht hat sich der Täter selbst verletzt.«

»Habt ihr im Haus noch Blutspuren gefunden – abgesehen von denen an der Tapete?« Maurer schüttelte den Kopf.

»Bisher noch nicht. Was wir haben, sind zwei Smartphones – eines fanden wir in der Tasche des jüngeren Opfers, das andere lag unter dem Sofa – und einen Laptop.«

»Die Handys, wo sind die?«

»Warte«, sagte Maurer, lief ins Haus und erschien Sekunden später mit den Telefonen in einem Klarsichtbeutel. »Hier bitte.« Maria nahm ihn an sich und zog eins vorsichtig heraus. Sie drückte auf den seitlichen Knopf, worauf das Display aufleuchtete.

»Scheiße, gesperrt!« Sie nahm das andere. »Das auch, Dreck!«

»Verdammt«, pflichtete Goselüschen bei, griff nach seinem Handy und tippte drauf. »Basti, moin, Gose hier. Bist du noch – vergiss es, schick sie nach Hause und schieb deinen Hintern zur Dienststelle. Wir lassen dir zwei Smartphones bringen. Du musst da irgendwie reinkommen und uns die letzten Verbindungen raussuchen.« Goselüschen stöhnte auf. »Nein, das hat nicht bis morgen Zeit oder meinst du, wir stehen drauf, uns freiwillig die Nächte in der Pampa um die Ohren zu schlagen? Ja, gut, bis später.« Er nickte Maurer zu, der einen Kollegen heranwinkte, den er mit den Geräten nach Aurich schickte.

»Gib Gas«, rief Maria ihm hinterher.

***

Sie rannte, so schnell sie konnte, sie rannte um ihr Leben. Tausend Gedanken schossen ihr wie ein Blitzlichtgewitter durch den Kopf, doch keinen einzigen davon war sie in der Lage, zu Ende zu denken. Lauf schneller!, schrie die Stimme in ihr.

Zweimal stürzte sie über einen herumliegenden Ast, schlug mit dem Kopf hart auf dem Waldboden auf und rutschte mehrere Zentimeter daran entlang. Sie rannte weiter. Äste peitschten durch ihr Gesicht, das von Blut, Schweiß und schwarzem Sand verschmiert war.

Schmerzen jedoch spürte sie nicht. Zu sehr bündelte das Adrenalin, das ihr fast aus den Poren zu spritzen schien, sämtliche Ressourcen ihres Körpers, um mit der Ausdauer einer Marathonläuferin kilometerweit rennen zu können. So jedenfalls kam es ihr vor, obwohl ihr klar war, dass sie nicht so weit gekommen war, wie es sich anfühlte.

Sie kannte sich in der Gegend nicht aus, sie war woanders aufgewachsen, wohnte erst seit ein paar Jahren hier. Und es war dunkel, verdammt nochmal, sogar stockdunkel hier unter den Baumkronen. Wohin soll ich laufen? Warum passiert das mir? Hab ich in meinem Leben nicht schon genug durchmachen müssen?

Sie verharrte und versuchte, ihren Puls und die Atmung zu beruhigen. Bin ich entkommen? Sie lauschte, doch außer dem seichten Wind, der leise die Baumkronen schaukelte, den sie jedoch kaum spüren konnte, war es still. Sie nahm nur das Pochen des Blutes in ihren Schläfen wahr, das sich so bedrohlich anhörte wie die Titelmusik zum *Weißen Hai*. Dum-Duum-Dum-Duum …, hätte sie diesen Scheißfilm doch nur nie heimlich mit ihrem damaligen Freund geguckt. Egal, konzentrier dich, du scheinst erstmal sicher zu sein. Trotzdem lief sie weiter, immer weiter.

»Ja«, rief sie. »Gott sei dank.« Wie lange war sie schon unterwegs? Zehn Minuten? Eine Stunde? Fünf? Sie hatte keine Ahnung. Aber das war jetzt gleichgültig, denn vor sich sah sie Licht, es blitzte immer wieder zwischen den Bäumen auf. »Ein Haus! Die können –.« Sie atmete keuchend, während sie nur noch glaubte, geradeaus zu rennen. Tatsächlich war es mehr der Automatismus ihres Körpers, der dafür sorgte, dass sie bei jedem Schritt mit dem jeweiligen Fuß aufkam und nicht kopfüber wieder auf dem sandigen Waldboden landete. Das kann doch nicht! Warum bewegt es sich? Dann wurde ihr klar: Es war nicht die Außenbeleuchtung eines Hauses, sondern das Scheinwerferlicht eines Autos.

»Hilfe! Sie müssen mir helfen«, krächzte sie und versuchte, die Straße zu erreichen, bevor der Wagen vorbeifuhr.

Als sie aus dem Waldrand heraustrat, merkte sie, dass sie zu langsam gewesen war. Das Fahrzeug war ihr sprichwörtlich vor der Nase weggefahren.

»Nein«, röchelte sie und sah hoffnungslos den Rücklichtern hinterher. Doch nur eine Sekunde später registrierte sie, welches Glück sie gerade gehabt hatte, weil sie jetzt den Wagen erkannte.

»Nein«, stöhnte sie erneut auf, doch dieses Mal aus Angst und Verzweiflung, weil sie die Bremsleuchten aufflackern sah – die Bremsleuchten des Wagens, in dem ihre Verfolger saßen.

Sie zögerte einen Moment, überquerte dann laufend die Straße und verschwand auf der anderen Seite zwischen den Bäumen.

Kapitel 15

Kommissar Maurer und seine Kollegen von der Tatortgruppe waren bis auf zwei Mann bereits abgerückt.
Maria hatte darum gebeten, dass die beiden sich
solange zur Verfügung stellen würden, bis sie eine
Rückmeldung von Sebastian bekämen. Die Beamten
der Spurensicherung hatten ebenfalls ihre Arbeit getan
und suchten gerade ihr Arbeitsmaterial zusammen.

»Die Strahler lasst hier, die nehmen wir nachher
mit«, bat Goselüschen.

»Pst«, sagte Maria plötzlich und hielt sich den Zeigefinger vor die Lippen. Verwirrt verharrten die Beamten
in ihrer Nähe und schauten zu ihr. Sie zeigte in Richtung des Übergangs zum Wald und nun hörten auch
die anderen das Knacken. Instinktiv glitten die Hände
an die Dienstwaffen, was im nächsten Moment völlig
surreal anmutete, denn aus dem Unterholz trottete
ihnen humpelnd ein Hund entgegen. Maria erkannte
ihn sofort wieder, als er vom Licht des Strahlers erfasst
wurde. Langsam ging sie auf ihn zu und bückte sich zu
dem am ganzen Körper zitternden Hund hinunter.

»Na, du armes Kerlchen, was ist mit dir?« Sie strich
ihm über den Rücken und fühlte es kalt und feucht
unter ihrer Hand. »Verdammt, er blutet!« Jetzt sahen
auch die anderen sein verklebtes Fell.

»Damit dürfte klar sein, von wem die Blutlache hier
vor dem Haus wohl ist«, stellte Goselüschen fest und
wandte sich an eine Kollegin der Spurensicherung.
»Nehmt ihr ihn bitte mit und bringt ihn zum Tierarzt?«

»Selbstverständlich«, antwortete sie und brachte das Tier, das laut seinem Halsband auf den Namen Rocky hörte, in den Wagen.

»Okay«, sagte Maria. »Ich denke, ihr könnt dann auch fahren, Gose und ich erledigen den Rest hier.«

»Alles klar, schönen Abend noch«, sagte der eine von der Tatortgruppe, kurz darauf fuhren die beiden, gefolgt von den Fahrzeugen der Spurensicherung, vom Hof und nach wenigen Sekunden wurden ihre Rücklichter vom Dunkel der Nacht verschluckt.

***

Sie hörte, wie sich das Motorengeräusch näherte. Verdammt, sie haben mich gesehen! Tränen der Verzweiflung rannen über ihre Wangen. Wenn kein Wunder geschah, würde sie sterben. In wenigen Minuten. Gehetzt und erlegt wie ein wildes Tier auf der Treibjagd.

Es überraschte sie selbst, dass sie in dieser ausweglosen Situation immer noch die Kraft fand, weiterzulaufen. Immer mit den Händen voran, damit sie nicht blindlings gegen einen Baumstamm prallte, kämpfte sie sich Meter für Meter durch das Unterholz. Lange hielt sie die Angst davor ab, zurückzublicken. Sie wusste, dass sie sofort aufgeben würde, sollte sie ihre Verfolger hinter sich ausmachen.

Nun, nach gefühlt zwanzig Minuten, wagte sie es, kurz anzuhalten und nach Atem zu ringen. Zaghaft wandte sie den Kopf und sah – nichts. Nur eine tiefe Dunkelheit, in der schemenhaft ein paar Stämme zu erahnen waren, die in die Höhe ragten und in ein schwarzes Nichts übergingen. Sie hielt die Luft an und konzentrierte sich, soweit es möglich war, aber sie hörte nichts. Keine Schritte, kein Rufen und kein Knacken von Ästen, die unter der Last schwerer Stiefel zerbarsten. Sollte sie tatsächlich davonkommen? Überleben?

Dann sah sie ein Licht und was darauf geschah, nahm sie selbst nur wie in Trance wahr. Als würde sie sich selbst dabei beobachten – ähnlich wie Menschen, die von Nahtoderfahrungen berichteten, die aus der Vogelperspektive auf ihren sterbenden Körper hinabsahen – kam es auch ihr vor, als wäre sie ein passiver Zuschauer ihres eigenen Tuns.

Einige Minuten später, ihr Kopf war wieder klar, stieß sie ein kurzes, hysterisches Lachen aus, bevor sie noch einmal darauf zurückschaute, was sie gerade angerichtet hatte. Dann änderte sie die Richtung und setzte ihre Flucht fort.

Während sie immer weiter lief, bemerkte sie, dass die Abstände zwischen den Bäumen größer wurden und die tiefe Schwärze mehr und mehr in ein dunkles Grau überging. Von einem Moment zum anderen hatte sie den Waldrand erreicht und stand auf einer Lichtung. Viel Licht gab der bedeckte Himmel nicht her, doch sie konnte eine Viehweide vor sich ausmachen. Sie näherte sich mit bedächtigen Schritten der Umzäunung. Was soll ich machen? Über die offene Weide oder lieber wieder in den vermeintlichen Schutz des Waldes? Sie haderte mit sich und war schon auf dem Sprung, wieder ins Gehölz zurückzukehren, da fiel ihr in der Ferne etwas ins Auge.

Kurzentschlossen kletterte sie über den Zaun und stolperte über den unebenen Untergrund, bis sie das Objekt erreichte, das sich als das entpuppte, worauf sie gehofft hatte. Sie tastete sich zur Tür des alten Weideschuppens und zog sie auf. Das laute Knarren der verwitterten und seit Jahren unbenutzten Scharniere ließ sie zusammenfahren. Hektisch blickte sie sich um, doch alles war ruhig. Einzig der Ruf einer Eule in der Ferne drang zu ihr herüber und der Wind wehte sanft über die langen Grashalme, die ihm nachgaben und sich leicht zur Seite neigten.

Sie trat ins Innere des Schuppens und zog die Tür hinter sich zu. Aus ihrer Hosentasche kramte sie ein Feuerzeug. Sie überlegte, ob sie es wagen könnte, entschied sich dafür und orientierte sich mit Hilfe der kleinen Flamme. Sie griff nach den Strohbändern, die zwei Heuballen in rechteckigen Quadern zusammenhielten und zog sie hinter sich her in eine Ecke. Sie drehte sich um und rutschte mit dem Rücken an der Wand herunter, danach stellte sie beide Ballen vor sich übereinander und kauerte sich in ihre provisorische Höhle. Wenn ich mich ganz klein mache, kann mich niemand sehen – und niemand finden. Und sobald es hell geworden ist, bin ich in Sicherheit. Ich muss nur ganz fest dran glauben!

***

»Nun geh schon ran«, raunte Goselüschen ihr zu.

»Was? Ach so«, sagte sie und zog ihr Smartphone aus der Tasche. Sie war in Gedanken versunken und hatte das Vibrieren nicht wahrgenommen. Nachdem die Spurensicherung abrückte, waren die Leichen der beiden Männer abtransportiert worden. Seit einer halben Stunde warteten sie in der Küche Mittags auf den Anruf. »Basti«, sagte sie zu Goselüschen, nahm das Gespräch an und stellte auf Mithören.

»Hey, Basti, ich sag dir gleich: Zieh dich warm an, wenn du jetzt nichts für uns hast!« Sie hörten ihn nervös lachen. Das ist gut, dachte Goselüschen, er hat also noch Respekt vor mir.

»Hallo ihr beiden. Keine Sorge, wenn ich nichts hätte, wäre ich längst über alle Berge. Das Smartphone vom Mittag ziert sich noch, aber ich bin dran. Und es war zwar nicht ganz einfach, Knut Gottliebs Handy zu knacken, aber ich konnte die Sicherheitsschranke umgehen – ihr wisst ja, dass ihr nicht fragen sollt, wie ich das mache. Also, passt auf: Eine Nummer hat ihn in den letzten Stunden viermal vergeblich versucht anzurufen. Ich krieg gleich auch noch raus, zu wem die gehört.«

»2442 am Ende?«

»Äh, ja, woher weißt du –?«

»Die Mühe kannst du dir sparen«, sagte Maria und seufzte, »das ist meine.«

»Ah, okay. Gut, er wurde davor heute nur einmal angerufen. Mit unterdrückter Nummer. Die kann ich bei der Telekom checken lassen, aber vor morgen wird das natürlich nichts.«

»Das ist noch nicht viel, ich hoffe, es kommt noch was«, brummte Goselüschen.

»Ja. Und das wird euch brennend interessieren. Ich habe seine Whatsapp-Nachrichten gecheckt. Die vorletzte, das ist vor ein paar Stunden erst gewesen, bekam er von Sven Mittag, mit folgendem Wortlaut: Komm sofort zu mir, ER will uns sprechen, das *er* ist in Großbuchstaben. Keine Ahnung, wen er damit meint. Der Gottlieb hat lediglich ein *okay* geantwortet, etwa zehn Minuten später.«

»Hm, stellt sich die Frage, wer dieser er ist. War es das?«

»Nein, Maria. Das letzte Whatsappgespräch hatte er etwa eine Stunde später mit einer Irina. An der Nummer bin ich auch schon dran. Da war der Wortlaut von ihm: *Komm bitte sofort zu Sven. Es ist sehr wichtig!* Sie hat etwa zehn Minuten später mit einem Fragezeichen geantwortet und nachdem er sich darauf nicht gemeldet hat, schickte sie einige Minuten später drei Fragezeichen hinterher.«

»Seltsam. Irina, und ein Nachname steht nicht dabei?«

»Leider nein. Aber wartet, ich mach mal –.« Sie hörten ihn leise vor sich hin brabbeln. Nach wenigen Sekunden fuhr er fort. »Ich hab dir gerade ihr Profilfoto geschickt, vielleicht könnt ihr damit etwas anfangen.« Maria öffnete ihre Whatsapp-App und Sebastians Nachricht. Sie tippte auf das erschienene Foto, um es auf Displaygröße zu zoomen und drehte ihr Handy so, dass Goselüschen es ebenfalls sehen konnte.

»Das ist doch die –«, begann Goselüschen.

»Richtig, deine kleine Freundin vom Stift, die dich so angeranzt hat.«

»Warte kurz, Basti, wir müssen überlegen.« Sie legte das Handy auf den Tisch und schaute ihrem Kollegen in die Augen. »ER, wer auch immer das ist, kommt hier her und zwingt Mittag, Knut Gottlieb herzuholen. Der tut, wie ihm befohlen, und wird genötigt, diese Irina herzulocken.«

»So sieht es jedenfalls aus. Dann erschießt er die beiden Männer, aber was ist mit Irina?«

»Wenn das ihr Fahrrad ist, dann hat er sie mitgenommen oder sie konnte abhauen.«

»Warum auch immer, aber wenn er sie ebenfalls getötet hätte, läge sie doch sicher auch hier herum.«

»Egal, wo sie auch gerade ist – lebt sie noch, ist sie in Lebensgefahr.«

»Wisst ihr, wo sie wohnt?«, fragte Sebastian dazwischen. Natürlich wussten sie das, dachte Maria und antwortete:

»Sie lebt in diesem Jugendstift in Norden. Schick einen Wagen vorbei. Die sollen nachfragen, ob das ihr Fahrrad ist und ob jemand dort weiß, wo sie sein könnte. Warte, ich –.«

»Lass, ich mach das«, unterbrach Goselüschen, ging vor das Haus, machte ein Foto des Rads und schickte es Sebastian.

»Du kannst doch ihre Nummer sehen, oder? Ruf sie an und sag ihr, dass wir sie schnellstmöglich abholen, wo auch immer sie sich aufhält. Und falls du sie nicht erreichst, versuch bitte, das Handy zu orten.«

»Alles klar, wird erledigt«, bestätigte er. »Ich melde mich gleich wieder.« Auf Marias Display erschien die Mitteilung, dass das Gespräch beendet sei.

»Glückwunsch.«

»Hä?« Sie blickte verdattert ihren Kollegen an. »Wozu, hab ich Geburtstag?«

»Nein, Blondie, aber dein Bauchgefühl hat dich mal wieder nicht im Stich gelassen.«

»Ach so, das, danke. Aber das interessiert mich momentan ganz und gar nicht. Wir müssen dieses Mädchen finden, bevor ER es findet!«

»Es ist jetzt mindestens zwei Stunden her. Wenn ER sie verschleppt hat, könnte er mit ihr bereits in Holland oder Dänemark sein. Und wir wissen nicht, wonach wir fahnden sollen, solange wir seine Handynummer nicht zuordnen können oder bis die KTU uns etwas liefert. Doch bleiben wir realistisch: Wie Maurer schon sagte, es war ein Profi am Werk, da rechne ich nicht mit Fingerabdrücken.« Maria schaute nachdenklich auf das Handy, als wollte sie es hypnotisieren. Es sollte endlich den Anruf Bastis signalisieren, in dem er ihnen mitteilt, dass Irina sicher in ihrem Zimmer liegt und schläft. Das war natürlich reines Wunschdenken, wusste sie.

»Wenn sie aber abhauen konnte, und das nicht mit dem Fahrrad, sondern zu Fuß, dann dürfte sie bei dieser Sicht nicht weiter als ein paar Kilometer gekommen sein.«

»Na ja, wir haben zwei Tote, eine Vermisste und einen Killer. Das Auto von Mittag steht in der Garage, das Fahrrad gehört wahrscheinlich Irina – oder dem

Gottlieb.« Maria klatschte sich mit der Hand vor die Stirn.

»Ich bin so blöd!« Unter dem überraschten Blick Goselüschens griff sie zu ihrem Smartphone. »Hallo, Fortmann nochmal, hallo Frau Gottlieb. Ich habe eine dringende Frage: Mit was für einem Wagen ist Ihr Sohn heute weggefahren? – Ich erkläre es Ihnen später, ja ... ja, bitte, es ist wichtig.« Sie forderte Goselüschen mit einer Geste auf, ihr schnell seinen Notizblock und den Stift zu reichen. Er zog ihn aus der Jacke und legte ihn vor sie, worauf sie sofort Kennzeichen, Marke und Modell des Fahrzeugs notierte. »Ja, danke, und ja, ich erkläre es Ihnen, versprochen. Danke, auf Wiederhören.« Während sie Sebastian anklingelte, erklärte sie Goselüschen, seine Mutter hätte explizit erwähnt, dass Knut mit seinem Wagen weggefahren war.

»So schnell bin ich nicht«, quäkte Sebastian über den Lautsprecher. »Irina geht nicht ans Handy, aber die Ortung läuft.«

»Gut, sind die Kollegen auf dem Weg zu ihr?«

»Ja, eine Streife müsste bereits dort sein.«

»Hör zu: Gib eine Fahndung raus nach einem roten 5er-BMW Coupé mit dem Kennzeichen NOR-KG 97. Mutmaßlich wird der Wagen von dieser Irina gefahren, wenn sie also jemand sieht, bringt sie unbedingt zur Dienststelle und Vorsicht: Es könnte sein, dass sie von einem gewaltbereiten, bewaffneten Mann verfolgt wird.«

»Was ist nur los bei euch? Ich gebe es weiter. Bis gleich.« Kurz darauf rief er zurück. »Ich habe ein

Signal. Sie befindet sich ungefähr fünf Kilometer Luftlinie südwestlich von euch, laut Google Maps ist das mitten im Wald. Wenn ihr links vom Hof fahrt und die nächste Straße nach links nehmt, kommt ihr nach etwa fünf Kilometern an etwas vorbei, was für mich aussieht wie ein Getreidesilo. Es steht etwas zurückgesetzt auf der rechten Seite. Haltet dort an und lauft 90 Grad zur Straße links in das Waldstück. Bis zum Signal sind es ungefähr 500 Meter von dort. Lass dein Handy an, Maria, dann orte ich dich und kann euch lotsen.«

»Danke, Basti«, sagte sie und schlug die Autotür hinter sich zu. Sie waren in dem Moment zum Wagen gegangen, als er das Signal erwähnt hatte.

»Sollen wir Verstärkung rufen? Zur Sicherheit?«

»Ja, mach. Aber wir sind lange da, bevor die Kollegen losgefahren sind.«

»Das ist ja egal, dann drehen sie halt wieder um.« Er griff nach dem Funkgerät.

Kapitel 16

Sie erreichten den von Sebastian beschriebenen Punkt nach knapp fünfzehn Minuten. Die Taschenlampe in der einen, die gesicherte Dienstwaffe in der anderen Hand, schlug Maria, dicht gefolgt von Goselüschen, den Weg zwischen die Büsche ein.

»Einfach geradeaus hat er gesagt, richtig?«

»Jop, warte mal!« Sie verharrte und drehte sich zu ihm um.

»Was ist?«, wollte sie mit leiser Stimme wissen.

»Ach nichts, geh weiter. Ich dachte, ich hätte was gehört.« Sie kämpften sich über den moosigen Waldboden, der von etlichen Zweigen und abgebrochenen Ästen gesäumt war, ihren Weg. »Es würde mich nicht wundern, wenn sie sich hier das Genick gebrochen hätte, das ist ja schlimmer als ein Hindernisparcours.«

»Hör auf zu jammern, du –.« Das Brummen ihres Handys unterbrach sie. »Ja, Basti? Ah, okay. Ich lass das Telefon an.« Sie deutete mit dem Kopf nach rechts. »Wir sind etwas zu weit nördlich, Basti meint, das Signal kommt von dort, etwa 50 Meter.«

»Dann los.« Jetzt war er es, der voranging, was Maria nur recht war.

»Ihr seid da«, teilte ihnen Basti mit.

»Hier? Bist du sicher? Hier ist nichts.« Sie suchten mit ihren Taschenlampen den Boden um sie herum ab. Außer einem Fußabdruck von einem Schuh, der höchstens Größe 39 hatte, sahen sie nur Moos, Sand,

Blätter, Zweige und Insekten, die vom Licht aufgeschreckt das Weite suchten.

»Wartet, ich ruf mal an«, sagte Sebastian. Die Kommissare zuckten unwillkürlich zusammen, als Sekunden später ein basslastiger Technosound durch den Wald schallte. Hinter einem verrotteten Baumstumpf, der etwa fünf Meter neben ihnen auf dem Boden lag, fanden sie schließlich das Gerät.

»Wir haben es. Sie hat es wohl verloren. Basti, versuch, ob du einen Helikopter bekommen kannst. So schnell wie möglich!«

»Verstanden.« Es klickte und kurz darauf erlosch Marias Display. »Geh du zurück zum Wagen, ich folge ihrer Spur.«

»Das kannst du vergessen! Ich werde den Teufel tun, dich allein herumstromern zu lassen, wenn sich ein Killer hier herumtreiben könnte. DU gehst zum Wagen und ich übernehme hier.« Maria überlegte kurz und entschied sich dann, nicht mit ihm darüber zu diskutieren. Sie hatten keine Zeit zu verlieren.

»Alles klar, meld dich alle fünf Minuten, okay?«

»Quatsch nicht rum, sieh zu, dass du wegkommst.«

***

Irina zitterte am ganzen Körper. Nicht die Kälte der Nacht war es, die sie frösteln ließ, es war die blanke Angst. Die Angst, nicht mehr lange am Leben zu bleiben.

Sie wusste nicht, wie lange es her war, dass sie Zuflucht in diesem Schuppen gesucht hatte. Doch sie wusste, dass jede Minute, die sie länger hier unbehelligt blieb, ihre Chance erhöhte, doch noch irgendwie unbeschadet aus dieser Nummer herauszukommen.

Das Motorengeräusch, das plötzlich aus der Ferne in ihre Ohren drang und ebenso schnell wieder erstarb, versetzte ihren Hoffnungen einen Tiefschlag. Sie haben mich gefunden! Gleich werden sie kommen und mich erledigen.

Irina machte sich so klein, wie es ihr möglich war, rollte sich in die Embryonalhaltung und verschränkte die Arme um ihre Beine, die sie bis zum Bauch hochgezogen hatte. Ihr weinendes Gesicht vergrub sie dazwischen. Und sie tat, was sie seit vielen Jahren nicht mehr gemacht hatte – sie betete. Nichts anderes konnte sie noch tun. Außer warten, bis es vorbei sein würde. Sie hörte sich nähernde Schritte, die für sie klangen wie kleine Donnerschläge. Dann öffnete sich das Scheunentor mit dem gleichen Knarren wie vorhin. So müssten sich die Schweine und Kälber fühlen, die zur Schlachtbank geführt wurden – bei vollem Bewusstsein, was sie erwartete, und ohne den Hauch einer Chance, etwas dagegen unternehmen zu können, schoss es ihr verzweifelt durch den Kopf. Sie gab auf. Es war vorbei.

***

Maria folgte der Straße, die in einer großen S-Kurve um das Waldstück herumführte. Nach wenigen Minuten, sie war vielleicht drei Kilometer gefahren, erfassten die Scheinwerfer einen neben der schmalen Straße parkenden Wagen. Sie ging vom Gas und rollte langsam näher.

»Das ist doch … tatsächlich.« Sie hielt und griff zum Handy.

»Waldkauz 1 hier«, meldete sich Goselüschen, worauf sie unwillkürlich schmunzeln musste, trotz der angespannten Situation.

»Ich hab den Wagen vom Gottlieb gefunden. Halte gerade direkt dahinter. Scheint niemand drin zu sitzen, aber ich schau nach.«

»Sei bloß vorsichtig«, krächzte er.

»Bin ich immer. Bleib dran.«

»Okay.« Sie stieg aus und inspizierte den BMW aus der Nähe. Er war unverschlossen und verlassen. Maria suchte die Umgebung nach verdächtigen Bewegungen oder Geräuschen ab, doch sie hörte nur das gleichmäßige Schnurren ihres Audis, dessen Motor sie nicht abgestellt hatte. Das holte sie nun nach.

»Niemand da. Ich gehe zu Fuß weiter. Ich leg auf.«

»Mädel, denk dran, das ist kein Handtaschendieb, der sich da rumtreibt. Mir wäre wohler, wenn –.« Ja ja, dachte sie, wenn ich auf Verstärkung warten würde. Und in der Zeit geht Irina drauf. Gose, du kennst mich doch nun lange genug. Sie wählte erneut.

»Ja, Maria?«

»Wo bleibt der Heli, Basti? Und wann kommen die Kollegen?«

»Der Hubschrauber braucht noch `ne Viertelstunde, die Kollegen sollten in den nächsten Minuten auftauchen.«

»Hör zu: Gib ihnen und Gose meinen Standort durch. Und die sollen sich beeilen!«

»Klar, geb ich weiter.«

»Ich drück dich weg, mein Akku ist schwach.« Sie steckte das Gerät in die Jackentasche und lief los, am Wagen vorbei, etwa hundert Meter die Straße entlang, bis diese in eine langgestreckte Rechtskurve mündete. Links zweigte ein überwucherter Waldweg ab.

Okay, ab in den Wald!, sagte sie sich und folgte ihm. Immer aufmerksam und hoffnungsvoll, bald die Sirenen oder das Schlagen der Rotorblätter zu hören, am besten beides. Doch es blieb still.

Der Wald wurde langsam lichter und wie aus dem Nichts erfasste der Lichtkegel ihrer Taschenlampe ein verrostetes Weidetor. Maria trat heran und senkte den Strahl auf den Boden. Mit zusammengekniffenen Augen überflog sie die ersten Meter Wiese hinter dem Zaun. Nichts war zu sehen, alles ruhig. Doch halt! Was war das? Ihr war, als hätte sie ein Licht aufflackern sehen. Oder spielte ihr Verstand ihr einen Streich? Noch konzentrierter starrte sie in die Richtung, aus der sie das Aufblitzen gesehen zu haben meinte. Da war es wieder. Jetzt war sie sicher, dass hier neben ihr noch jemand mit einer Taschenlampe unterwegs war und dieser jemand führte wahrscheinlich nichts Gutes im Schilde. Sie kletterte über das Tor und lief los. Geradezu auf die andere Taschenlampe, die vielleicht zweihundert oder dreihundert Meter entfernt war. Sie lief ohne Beleuchtung, um den Überraschungsmoment nicht zu verlieren, und stieß ein paar Stoßgebete gen

Himmel, dass sie in kein Maulwurfsloch treten und sich das Bein brechen würde.

Sie kam näher, immer näher. Jetzt erkannte sie auch, wohin es ihren Vordermann trieb. In dessen Lichtschein materialisierte sich eine alte Scheune heraus, die sicher mal als Unterstand für Kühe gebaut wurde. Damals, als die Welt noch in Ordnung war und das Vieh fast ganzjährig auf der Weide verbrachte, dachte sie mit Ekel an die überbordende Massentierhaltung, die seit Jahren wie die Pest um sich griff.

Maria hielt die Luft an und lief langsamer. Der Mann vor ihr griff gerade zum Scheunentor und öffnete es. Sie begrüßte das Quietschen der Scharniere, das es ihr ermöglichte, noch ein paar Meter unerkannt näher zu kommen.

»Halt! Bleiben Sie stehen! Polizei!« Sie stand breitbeinig vielleicht zehn Meter von ihm entfernt, die Waffe mit beiden Händen haltend auf ihn gerichtet und entsichert. Der Mann hielt inne. »Umdrehen, ganz langsam umdrehen, ich will Ihre Hände sehen«, sagte sie scharf und rief hinterher: »Irina? Bist du da drin? Ich bin von der Polizei, du kannst herauskommen.« Der Mann hob seine Arme auf Taillenhöhe und drehte sich wie in Zeitlupe zu ihr. Er grinste sie aus einem kantigen Schädel mit kalten Augen an. Dann vibrierte brummend Marias Handy.

***

Warum musste ich meine Klappe so aufreißen und bin nicht einfach zum Wagen gegangen?, haderte Goselüschen mit sich selbst, während er mit der Eleganz eines angetrunkenen Nashorns durch das Waldgebiet stolperte. Ständig blieb er mit der Jacke an hervorstehenden Ästen hängen oder verfing sich mit seinen Lederhalbschuhen, die sich für dieses Geläuf als absolut ungeeignet erwiesen, unter Baumwurzeln, die tückisch seinen Weg säumten, scheinbar mit dem einzigen Ziel, ihn zu Fall zu bringen.

»Aarrghhh!«, entfuhr es ihm. Mit der Präzision eines Chirurgen, der mittels eines Skalpells mit einem geraden Schnitt die Bauchdecke des Patienten öffnete, peitschte ihm ein dünner Zweig über die rechte Gesichtshälfte und hinterließ einen brennenden Schmerz, der vom Jochbein diagonal bis hinter das Ohr reichte. »Ich hasse den verdammten Wald! Der Ausflug in den Kletterpark war ein Witz gegen das hier!« Und als würde es seinen Schmerz lindern oder ihn auch nur ansatzweise in irgendeiner anderen Form weiterbringen, griff er nach dem Zweig und versuchte, ihn abzureißen. Da der jedoch zu klein und glatt und seine Hand zu verschwitzt war, glitt er ab. Dadurch noch wütender knickte er ihn mit einem kurzen Ruck in der Nähe des Stammes ab. »So, das hast du davon. Du wirst niemanden mehr nach Zorromanier kennzeichnen.«

Im nächsten Moment musste er selbst über sich und diese, wie er befand, äußerst kindische Aktion lachen. Er lief weiter, nur um nach fünf Metern auf das nächste Hindernis zu stoßen. Abrupt blieb er stehen und sog scharf die Luft ein. Dieses Mal war es kein auf Krawall gebürsteter Zweig, der seinen Weg kreuzte:

Vor ihm lag ein Mann, dessen Gesicht zum Boden gerichtet nicht zu erkennen war. Goselüschen zog seine Dienstwaffe und stupste mit dem Fuß gegen ein Bein des Mannes. Er rührte sich nicht.

»Hey!« Immer noch keine Reaktion. Er ließ den Strahl der Taschenlampe über den reglosen Körper gleiten und blieb am Hinterkopf hängen. »Oh, das sieht böse aus.« Am Hinterkopf klaffte eine gewaltige, blutige Wunde. Er neigte sich vorsichtig zu dem Mann hinunter und suchte an dessen Hals nach einem Puls. »Der hat es hinter sich«, sagte er leise und durchsuchte ihn nach Papieren. In den Jackeninnentaschen konnte er nichts finden, daher nahm er nur die Pistole, die halb unter dem Brustkorb des Toten herausschaute, an sich. Etwa einen Meter neben dem Kopf des Mannes sah Goselüschen einen armdicken Ast, an dem Blut und Haare klebten. Instinktiv leuchtete er am nächstgelegenen Baum nach oben – er wollte nicht der nächste sein, der getroffen wurde. Er griff nach dem Handy und informierte Sebastian über seinen Fund. Er bat ihn, jemanden zu diesen Koordinaten zu schicken, um den Leichnam zu bergen. Dann rief er Maria an.

Kapitel 17

In der Scheune wurde es hell, als das Licht einer Taschenlampe hinein schien und sich von der Irina gegenüberliegenden Wand langsam zu ihr vorarbeitete.

Gleich werden sie mich sehen, egal wie klein ich mich mache. Warum ich? Warum so? Irina hielt den Atem an, schloss die Augen und versuchte ähnlich in Trance zu kommen, wie es ihr vorhin im Wald gelungen war. Wie genau das passiert war, wusste sie nicht, aber sie vermutete, dass es ein Mechanismus ihres Unterbewusstseins gewesen sein musste, der sie quasi für einen kurzen Zeitraum ferngesteuert hatte. Doch jetzt funktionierte es nicht. Sie würde ihre letzten Sekunden in vollem Bewusstsein miterleben.

Eine Stimme zerriss die bedrohliche Stille. Doch es war nicht das, was sie sagte, sondern, dass es eine Frauenstimme war, die Irina hörte, die ihr Hoffnung schenkte. Dass diese Stimme sich als Polizistin zu erkennen gab und zudem nach ihr rief, wiedererweckte augenblicklich die Lebensgeister in ihr. Sie mühte sich hoch, ihre Gelenke waren steif und schmerzten, als sie sich an den Heuballen vor ihr in die aufrechte Position zog. Sie setzte vorsichtig den Fuß nach vorn und sackte fast weg, als sie ihr Gewicht darauf verlagerte. Das Bein war taub und langsam ging es über in dieses furchtbare Kribbeln. Irina schüttelte ihr Bein aus und darauf sofort das zweite, so konnte sie zumindest laufen, auch wenn sie das Gefühl hatte, sich auf einem Gelkissen fortzubewegen. Sie neigte ihren Kopf etwas nach links und konnte so den Mann sehen. Er hielt beide Arme leicht nach oben und drehte sich gerade um, wahrscheinlich zu der Polizistin. Hoffentlich ist sie nicht allein vor Ort, schoss es Irina durch den Kopf, sie wusste ja nicht, mit wem sie es hier zu tun hatte. Kurz kam ihr der Gedanke, dass sie sich noch nie so sehr darüber gefreut hatte, einen Polizisten zu sehen — strenggenommen konnte sie sich nicht erinnern, sich jemals überhaupt darüber gefreut zu haben, hatte sie doch als Jugendliche die meiste Zeit auf der anderen Seite des Gesetzes verbracht.

Sie hatte das Tor mittlerweile erreicht, der Mann stand mit dem Rücken zu ihr etwa drei Meter links versetzt und sie konnte jetzt auch die Polizistin sehen. Wobei sie durch die Taschenlampe, die auf den Mann vor der Scheune zielte, lediglich die Umrisse der Frau erkennen konnte.

Doch in dem Moment, als sie gerade aus der Scheune nach draußen treten wollte, geschah es: Sie hörte ein Brummen, wahrscheinlich das Telefon der Polizistin. Danach zuckte der Lichtstrahl, der für den Bruchteil einer Sekunde nicht mehr den Mann erfasste. Dieser nutzte die Unaufmerksamkeit der Gesetzeshüterin, zog blitzschnell eine Waffe aus der Gürtelschnalle und richtete sie auf die Polizistin. Irina dachte nicht nach, nur war ihr klar, dass, würde die Beamtin sterben, auch ihr eigenes Leben keinen Pfifferling mehr wert sein würde. Ohne auf die Konsequenzen zu achten, stieß sie sich ab und hechtete, während sie einen schrillen Schrei ausstieß, auf den Mann zu und rempelte ihn mit ihrem ganzen Körpergewicht an. Er strauchelte und ein, nein, zwei Schüsse peitschten auf, gefolgt von einem Schrei. Ihrem eigenen Schrei. Dann verlor sie das Bewusstsein und fiel ohne Angst zu spüren in eine tiefe, schwarze, aber warme Dunkelheit.

***

Als Goselüschen die Schüsse hörte, war es um ihn geschehen. Alles, worüber er sich bis eben noch aufgeregt hatte, verflog binnen einer Sekunde zu Nichtigkeiten. Er rannte los und bahnte sich wie eine Dampfwalze seinen Weg durch das Unterholz. Äste barsten und Zweige, die ihn vorhin hätten zu Flüchen genötigt, gaben unter seinem Tempo und der Geschwindigkeit nach, zu der er sich selbst gar nicht in der Lage gesehen hätte.

Sein Handy klingelte, doch er ging nicht ran. Er müsste seiner Kollegin so schnell wie möglich zu Hilfe eilen, da würde ihn ein Telefonat nur aufhalten. Und außerdem, so gestand er sich ein, könnte ihm darin mitgeteilt werden, dass es Maria erwischt hätte. Und nein, das würde er nicht zulassen. Er rannte weiter, immer weiter in die Richtung, von wo er die Schüsse gehört hatte.

Die Luft vibrierte und der Himmel donnerte, doch es war weder sein Handy noch ein Gewitter, es war der Helikopter, der über ihn hinwegflog, einen gewaltigen Lichtstrahl Richtung Boden schickend. Jetzt hatte auch Goselüschen den Waldrand erreicht und übersprang den Weidezaun. Auf der rechten Seite sah er das Blaulicht zweier Streifenwagen, deren Beamte sich ebenfalls der Scheune näherten, die Goselüschen als Ziel hatte. Der Helikopter war bereits etwa 50 Meter neben dem Holzgebäude gelandet, welches erstaunlicherweise den Luftwirbeln standgehalten hatte, den die Rotorblätter erzeugten.

Zwei Kollegen mit einer Trage liefen zum Helikopter zurück. Goselüschen betete, dass es nicht Maria war, die darauf lag.

»Wer ist –?«,

»Frau Fortmann ist da drüben – unverletzt«, beruhigte ihn der vordere der beiden. Noch nie im Leben war er so erleichtert, den Namen Frau Fortmann zu hören. Mit rasselnder Atmung, doch deutlich langsamer als bei seinem einige hundert Meter langen Sprint hierher, lief er zu ihr.

Maria stand mit zwei Kollegen vor einer am Boden liegenden Person.

»Zum Glück, dir ist nichts passiert«, keuchte er. Maria empfing ihn mit einem Lächeln und drückte ihn kurz.

»Nein, dank Irina, sie hat mir wohl das Leben gerettet.«

»Was ist passiert?« Er verfluchte jede Zigarette, die er jemals geraucht hatte, und jedes Kilogramm, das er zuviel auf den Rippen hatte.

»Atme erstmal durch, sonst kollabierst du noch.«

»Ach Quatsch, rede gefälligst.« Sie hatte es den Kollegen neben ihnen zwar schon geschildert, doch wiederholte sie es für ihn gern.

»... und dann ging mein Telefon. Da hab ich kurz nicht aufgepasst und die Taschenlampe nicht auf ihn

gerichtet. Als ich ihn wieder sah, zeigte seine Pistolen-
mündung auf mich. Doch bevor er abdrücken konnte,
hat sich Irina gegen ihn geworfen. Daher hat er mich
verfehlt. Ich ihn hingegen nicht.«

»Sie erwischte ihn am Hals und leider auch die
Kleine, allerdings nur an der Schulter«, erzählte einer
der Kollegen weiter, da Maria etwas ins Stocken
gekommen war. »Aber sie wird es schon überstehen.
Im Gegensatz zu ihm.« Er deutete auf den am Boden
liegenden Mann. »Der ist schneller verblutet, als *Usuain
Bolt* für die hundert Meter braucht.« Goselüschen warf
einen Blick auf den Toten.

»Mein Mitleid hält sich in Grenzen. Apropos, der
Anruf kam wahrscheinlich von mir. Tut mir leid«, ent-
schuldigte er sich und langsam bekam er wieder Kontrolle über seine Atmung und Stimme.

»Und wenn schon, ich hätte ihn einfach ignorieren
sollen und den Typen fixieren. Es ist ja nochmal alles
gutgegangen. Was meinst du, fliegen wir mit?«

»Ja klar, wir müssen uns schließlich dringend mit
dem Mädel unterhalten, sobald sie ansprechbar ist.
Aber was ist mit der Dienstschleuder?«

»Den kann ich mitnehmen«, bot der Kollege von
eben an. »Wo steht er denn?« Maria drückte ihm den
Schlüssel in die Hand.

»Danke dir, er steht dahinten bei den Streifenwagen.
Der Audi.«

»Geht klar«, sagte er und blickte den beiden hinterher, die sich leicht gebückt dem Helikopter näherten
und darin verschwanden. »Okay, Jungs«, sagte er zu

den mittlerweile eingetroffenen Kollegen. »Dann lasst uns die Schweinerei hier mal in Ordnung bringen.«

Der zur Mannschaft gehörende Sanitäter bat die beiden Kommissare um Geduld.

»Ich habe ihr ein starkes Schmerzmittel verabreicht. Im Moment werdet ihr sicher nichts Brauchbares aus ihr herausbekommen.«

»Muss sie operiert werden?«

»Mit Sicherheit, aber wie ich es sehe, sind keine wichtigen Nerven verletzt. Wenn es gut läuft, behält sie außer einer Narbe und dem Schrecken nichts zurück.«

»Okay, danke«, sagte Goselüschen und lehnte sich neben Maria sitzend zurück.

»Warum hast du eigentlich angerufen, wir hatten doch gerade telefoniert?«

»Weil ich im Wald über eine Leiche gestolpert bin.« Er amüsierte sich über ihren fragenden Blick und fuhr fort. »Das wird der zweite Verfolger gewesen sein und ihm scheint ein kräftiger Ast auf den Hinterkopf gefallen zu sein, jedenfalls lag er niedergestreckt dort, eine Pistole unter sich begraben. Davon wollte ich dich nur in Kenntnis setzen.«

»Und nun sind beide tot. Hoffentlich kann sie etwas Licht ins Dunkel bringen.« Sie deutete mit dem Gesicht auf Irina, die am Tropf angeschlossen mit gläsernem Blick im vorderen Bereich der Kabine lag.

Kapitel 18

Zwei Stunden dauerte die Operation Irinas mittlerweile an. Maria und Goselüschen warteten in einer
ruhigen Ecke im Café des Krankenhauses. Sebastian
meldete sich gerade, da er in der Zwischenzeit das
zweite Smartphone entsperren hatte können, das er
eindeutig Sven Mittag zuordnete.

»Und?«, fragten beide gleichzeitig in das vor ihnen
auf dem Tisch liegende Smartphone.

»Anrufe und Whatsapp geben nicht mehr her als bei
dem anderen Handy. Sehr interessant hingegen ist eine
Audioaufnahme, die mit der Diktierfunktion erstellt
wurde.« Die Kommissare sahen sich über den Tisch
hinweg verwirrt an.

»Warum?«, wollte Goselüschen wissen. »Hat er sein
Geständnis drauf gesprochen?«

»Nein, ich denke, es ist besser.«

»Junge, mach´s nicht so spannend!«

»Ja, warte. Wir – also Waldner und ich, wir haben es
uns zusammen angehört – gehen davon aus, dass er
seinen heutigen Besuch aufgezeichnet hat.« Er unterbrach kurz, da keine Zwischenfragen kamen, fuhr er
fort. »Insgesamt geht die Aufnahme knapp eineinhalb
Stunden, ich habe sie für euch deutlich gekürzt. Ich
schick sie rüber.«

»Danke«, sagte Maria und drückte ihn weg. Kurz
darauf vermeldete ihr Phone den Eingang einer Audio-
nachricht. Gespannt darauf, was sie zu hören

bekommen würden, konzentrierten sich die beiden. Maria drückte auf *Play*.

Die Übertragung begann mit einem Durcheinander mehrerer Stimmen, die sich auf russisch unterhielten. Sie erkannten keine der Stimmen, noch nicht. Kurz darauf vernahmen sie deutlich Knut Gottlieb.

»Was ist denn? Was soll das denn?«, fragte er mit ängstlicher Stimme.

»Tut mir leid, Knut, ich musste – aargh.« Sie hörten ein knirschendes Geräusch und ihnen war klar, dass sein eigener Aufschrei den Satz beendete.

»Halt deine Fresse, sonst fängst du noch eine!«, herrschte ihn jemand mit hartem russischen Akzent an.

»Aber Vladimir, wir haben doch alles –«, jammerte Knut.

»Sei still!«, zischte ihn derselbe Russe an. »Ihr habt Scheiße gebaut, sonst würden die Bullen nicht rumschnüffeln!«

»Wir können doch nichts dafür, dass sie wieder angeschwemmt wurde – oder? Das waren doch deine Leute.« Man hörte immer noch die Angst in Knuts Stimme, doch sie schien etwas abgenommen zu haben. Möglicherweise hielt er sein Argument für schlüssig. Im nächsten Moment wurde er eines Besseren belehrt, als ihn ein krachender Schlag zu einem Aufschrei zwang, der in ein gleichmäßiges Wimmern mündete.

»Wer weiß noch Bescheid?«

»Niemand«, nuschelte Sven Mittag.

»Sicher?« Er schien sich darauf an Knut zu wenden. »Was ist mit der kleinen Schlampe? Mit der du schon gefahren bist.«

»Sie weiß nichts!«, wiederholte Mittag. Ein Schlag ließ ihn aufstöhnen.

»Ja, ich geb es zu. Sie weiß Bescheid.«

»Du bist so ein jämmerlicher Feigling«, raunte Sven Mittag ihm zu, worauf der Russe schallend lachte.

»Eins muss ich dir trotz allem lassen, Sven, du hast Eier.«

»Fick dich, Vladimir!« Nach einem erneuten Auflachen konnten Maria und Goselüschen lediglich hören, wie mehrfach auf mutmaßlich beide eingeschlagen wurde. Im Zusammenschnitt hörten sie noch den einen oder anderen Dialog zwischen den Russen, sie schätzten, es handelte sich um drei oder vier Männer.

Maria drückte auf die Stopptaste, bevor sie Sebastian zurückrief.

»Seid ihr an der Übersetzung dran?«

»Der Dolmetscher kommt nachher vorbei, falls er etwas Wichtiges heraushört, meld ich mich sofort bei euch.«

»Danke, Basti, das war schon ziemlich aufschlussreich.

Die Dame vom Service brachte den von Goselüschen bestellten Kuchen, seinen dritten mittlerweile, und stellte ihn auf den Tisch.

»Danke.«

»Sehr gern, wir freuen uns über so hungrige Gäste. Bevor ich es vergesse: Die Stationsschwester rief

152

gerade an. Ich soll Ihnen ausrichten, dass die Patientin jetzt so weit wäre.«

»Danke nochmal«, sagte Goselüschen und warf Maria einen verdutzten Blick zu. Sie hatte sich erhoben und wollte gerade losmarschieren. »Hey, ich werde wohl in Ruhe aufessen können, oder?«

»Hast du nicht genug gefuttert? Ach egal, komm halt nach, wenn du fertig bist.«

»Das ist doch wohl die – boah.« Er folgte ihr, drehte nach drei Schritten jedoch um, wickelte den Apfelkuchen in eine Serviette und lief seiner Kollegin hinterher, die zu seinem Missfallen natürlich nicht den Fahrstuhl nahm, um in den dritten Stock zu kommen.

»Na, da bist du ja«, sagte sie, als er stöhnend auf ihrer Höhe ankam, dann fiel ihr Blick auf seine Hand. »Gose, du bist sooo verfressen. Pass auf, dass du nicht wieder in alte Muster und vor allem in deine alte Figur zurück verfällst.« Die Anspielung auf seine, vor einigen Jahren äußerst füllige Figur, gepaart mit bedenklichem Bluthochdruck, die er in letzter Zeit durch ausgewogene Ernährung und ein deutliches Mehr an Bewegung gegen ein nun fast sportliches Erscheinungsbild umtrainiert hatte, ließ ihn kalt.

»Wenn du wüsstest, wie viele Kalorien ich heute bei meinem Langstreckensprint durch den Wald verbraucht habe, würdest du dir die Spitzen verkneifen, Blondie.« Sie grinste ihn an.

»Lass es dir schmecken.«

»Werde ich auch«, erwiderte er und stopfte die Hälfte des Kuchens in den Mund.

Im Stationszimmer trafen sie auf den Operateur Irinas.

»Wie ist die OP verlaufen, Doktor?«, wollte Maria wissen. Er wusch sich die Hände und verteilte anschließend Desinfektionsmittel darin.

»Reibungslos. Sie wird nach meiner Einschätzung und intensiver Physiotherapie in sechs bis acht Wochen ihren Arm wieder voll belasten können.«

»Gut, und wir können zu ihr?«

»Ja, sie ist zwar noch ein wenig schläfrig, aber sie sollte von Minute zu Minute wacher werden.«

Sie gingen den Korridor hinunter auf das Zimmer zu, vor dem ein uniformierter Kollege saß – eine Vorsichtsmaßnahme, da sie nicht ausschließen konnten, dass es außer den beiden getöteten Verfolgern noch weitere auf das Mädchen abgesehen hatten. Und der gerade gehörte Gesprächsmitschnitt bestätigte sie nachträglich in dieser Entscheidung.

»Schon irgendwie tragisch«, begann Goselüschen, »da nimmt der Mittag extra das Gespräch mit seinen Komplizen auf und wird trotzdem von ihm hingerichtet.«

»Ja, aber auch, wenn es ihm nicht mehr hilft, uns bringt es weiter. Mal schauen, was Irina noch beitragen kann.« Sie nickten dem Beamten zu und betraten das Dreibettzimmer, das Irina vorerst zur Verfügung gestellt wurde. Sie hob das Kinn und neigte ihren Kopf, damit sie die Polizisten sehen konnte, die sich Stühle an ihr Bett zogen und sich setzten.

»Wie geht es dir?«

»Geht so«, sagte sie mit belegter Stimme. Goselüschen goss Wasser in das Glas auf ihrem Beistelltisch und reichte es ihr.

»Hier, trink.« Sie wollte mit ihrem verletzten Arm danach greifen, der einschießende Schmerz verhinderte diesen Versuch. Sie sog zischend die Luft ein und biss sich auf die Lippen. Dann nahm sie mit dem gesunden Arm das Glas und nippte daran.

»Du kannst dir denken, warum wir hier sind?« Irina räusperte sich mehrfach.

»Ich kann´s mir vorstellen. Könnten Sie bitte das Kopfteil höherstellen?«

»Klar«, sagte Maria und griff nach der Fernbedienung. Summend fuhr der obere Teil der Matratze nach oben, bis Irina fast aufrecht saß.

»Das ist schon viel besser.« Sie nahm erneut das Glas an den Mund und trank es leer. »Okay, fragen Sie.«

»Wie wäre es«, mischte sich Goselüschen ein, »wenn du uns einfach alles erzählst, was du über heute und über die Sache mit Swea Hendrickson weißt. Falls Fragen offenbleiben, stellen wir sie dann.«

»Haben Sie ihn denn schon gefunden?«

»Wen? Den Toten im Wald? Ja, den haben wir gefunden.«

»Nein, ich meine IHN. Den Typen im Wald konnte ich irgendwie überrumpeln. Ich rede von Vladimir Kerkov.« Obwohl ihr mitgeteilt wurde, dass ein Polizist zu ihrem Schutz vor ihrem Zimmer postiert worden war, klang ihre Stimme ängstlich. Maria und

Goselüschen blickten sich an. Damit hatten sie schonmal den Nachnamen dieses ominösen Vladimirs.

»Das heißt, es waren drei?« Goselüschen zog die Augenbrauen hoch. »Und was meinst du mit irgendwie überrumpelt.«

»Ja, der Kerkov ist wohl der Boss. Dazu erzähle ich besser gleich was. Und ja, ich konnte den im Wald überrumpeln. Keine Ahnung, wie ich das genau gemacht habe. Ich sah seine Taschenlampe hinter mir, hab mir schnell einen schweren Ast gesucht, mich versteckt und als er neben mir war, so fest ich konnte auf seinen Kopf geschlagen. Dann bin ich weitergerannt. Und der ist tot? Gut so.« Goselüschen unterdrückte einen anerkennenden Pfiff.

»Gut, erzähl von Anfang an.« Gebannt und etwas erschrocken hingen Maria und Goselüschen die nächsten Minuten an Irinas Lippen und mehr als einmal stand ihnen der Mund offen.

»Zuerst muss ich sagen, dass ich das meiste nur von Knut weiß, also, weil er mir das erzählt hat. Er war mein Freund, wissen Sie? Er sagte immer, dass er nur noch ein paar Geschäfte abschließen müsste, dann könnten wir zusammen abhauen. Aber von vorne: Das muss ein paar Jahre her sein, Knut hatte noch keinen Führerschein. Trotzdem ließ ihn Sven mit seinem Wagen auf einer Spritztour fahren. Sie waren beide angetrunken und mit Dope zugedröhnt. Dabei hat Knut einen Fahrradfahrer übersehen und ihn überfahren. Er war wohl gleich tot, sagte Knut. Jedenfalls hatten die beiden Panik, in den Knast zu kommen, und so erst recht, als kurz darauf ein Wagen hielt.« Sie ließ ihre Worte kurz wirken. Als die Polizisten nicht nachfragten, fuhr sie fort. »Doch der Mann im Wagen rief nicht die Polizei, sondern bot Knut und Sven an, sich um den Toten zu kümmern – dafür wären sie ihm aber ein paar Gefallen schuldig. Die beiden haben wohl nicht lange überlegt und waren heilfroh, aus der Sache rauszukommen. Dieser Mann war Vladimir Kerkov. In den nächsten Monaten forderte er immer wieder kleine Gefallen ein, wie einige Drogenkurierfahrten aus Holland oder Polen. Ein paarmal bin ich auch mitgefahren. Ich hoffe nicht, dass Sie mich jetzt deswegen –.«

»Das interessiert uns nicht«, unterbrach Maria. »Erzähl weiter.«

»Okay. Knut dachte sich nichts dabei, er war ja eh fast täglich stoned und der Kerkov hat überdies auch immer noch Kohle springen lassen. Die beiden waren am Anfang wohl auch öfter in einem der Clubs, die Kerkov gehören, und haben Party auf seine Kosten machen können. Aber Kerkov verlangte immer mehr. Irgendwann trat er an Sven heran, ob er ihm für einen guten Kunden nicht eine weibliche Leiche besorgen könne, er wusste ja über die beiden Bescheid wegen des Bestattungsunternehmens. Was der Kunde damit anstellen wollte, will ich gar nicht wissen.«

»Und so kam Swea Hendrickson ins Spiel?«

»Was? Nein, Frau Kommissar. Sven hatte dem Kerkov vorher schon zwei Leichen besorgt. Davon wusste ich aber erst nichts. Als Knut es erzählt hat, fand ich es nur eklig.«

»Das ist verständlich«, sagte Goselüschen.

»Das mit Swea hab ich erst an dem Tag erfahren, als Sie uns vor dem Stift mal gesehen haben.«

»Bei eurem Streit? Ging es da um Swea?« Maria streckte ihren Rücken durch.

»Ja. Da hatte Knut von seinem Vater erfahren, dass es rausgekommen ist mit dem Leichenklau. Ich sagte ihm, dass die Polizei ihnen schon nicht auf die Schliche kommen würde. Doch dann gestand er mir, dass er für Sweas Tod verantwortlich war. Kerkov hatte den beiden vorher Druck gemacht, dass sein Kunde was hübsches und frisches wollte. Wenn sie ihm nicht innerhalb einer gewissen Zeit liefern würden, würde er seine Schläger vorbeischicken.« Mittlerweile kämpfte Irina mit den Tränen und die anfangs festere Stimme wurde zunehmend dünner, sodass Maria kurz das Gefühl verspürte, sie in den Arm nehmen zu müssen. Doch sie blieb professionell und hörte weiter zu. »Knut hatte mitbekommen, dass Murat sie zum Wohnwagen geschickt hatte und dass er Samstag zu ihr käme. Dann ist Knut Sonntag zu ihr gefahren – sie kannten sich vom Stift und ich glaube, Knut kannte auch ihre Familie. Er hat sie betrunken gemacht und ihr dann, als sie sich nicht wehren konnte, Insulin gespritzt, wohl viel Insulin. Ich kenne mich damit nicht aus. Und er hatte recht behalten, dass die Gottliebs für die Bestattung engagiert wurden, und so haben sie Swea am Abend vor ihrer Beerdigung aus dem Sarg geholt und sie zu Kerkov gebracht.«

»Und gestritten habt ihr weswegen?«

»Hören Sie, Herr Kommissar, er hat sie ermordet. Das hat mich ausrasten lassen. Alles andere vorher war doch nur Spielerei, aber das!«

»Du hast es aber nicht bei der Polizei gemeldet.«

»Nein. Ich hab ihn schließlich geliebt und ich hatte auch Angst, dass ich mit drinhänge. Das hat mir Knut auch so zu verstehen gegeben.«

»Ein toller Freund.«

»Sie haben recht, er war ein egoistisches Arschloch, das weiß ich mittlerweile auch, und es tut mir leid. Vor allem um Swea, sie war ja – ganz nett soweit. Aber Sie müssen mir glauben, ich hab von der ganzen Sache nichts gewusst.«

»Und trotzdem bist du seiner Aufforderung gefolgt und zu Sven gefahren. Warum?« Irina atmete tief durch.

»Sie wissen von der Whatsapp?« Maria nickte. »Wegen Sven. Ich habe gehofft, dass er uns irgendwie aus dem Schlamassel raushelfen könnte. Er war schon lange der Meinung, dass sie etwas gegen Kerkov unternehmen müssten. Ich glaube, das fing an, nachdem er die erste Leiche besorgt hatte. Aber Knut fand das alles nicht so tragisch. Na ja, irgendwie auch kein Wunder, wenn man ständig drauf ist.«

»Belassen wir es erstmal dabei. Was passierte heute?« Goselüschen blätterte mittlerweile das vierte Blatt in seinem Notizblock um.

»Knut schrieb mir die Whatsapp, dass ich unbedingt zu Sven kommen sollte. Auf meine Frage warum, hat er nicht mehr geantwortet. Ich bin dann einfach mit dem Fahrrad hin. Auf dem Hof hab ich dann aber das

Auto von Kerkov gesehen und mir wurde etwas mulmig.«

»Das Auto? Ein SUV mit Bremer Kennzeichen?«, wollte Goselüschen wissen, erinnerte er sich doch gerade daran, dessen Nummer zwar aufgeschrieben, sie aber nicht Sebastian zur Weiterleitung gegeben zu haben.

»Mh«, bestätigte sie. »Ich bin dann leise ums Haus und hab die drei Russen durch das Fenster gesehen.« Das Wort Russen spuckte sie eher aus, als es auszusprechen, was nach Marias Meinung daran lag, dass Irina aus der Ukraine stammte, wie sie ihrem Ausweis entnommen hatte, und das Verhältnis dieser beiden Nachbarländer besonders im Moment mehr als angespannt war. »Auf dem Sofa saßen Knut und Sven. Beide hatten das Gesicht kaputt. Dann plötzlich zog Kerkov eine Pistole und erschoss die beiden nacheinander.« Jetzt gab es kein Halten mehr und Irina schluchzte, während ihr die Tränen wie Fontänen aus den Augen spritzten. Nun konnte auch Maria nicht anders, als sie tröstend in den Arm zu nehmen.

»Ist ja gut. Lass dir Zeit.« Sie strich ihr über das Haar, in dem noch der Dreck des Waldes und der Hütte klebte. Nach einigen Minuten hatte sie sich beruhigt und fuhr fort.

»Ich bin dann ums Haus gerannt und wollte mit dem Fahrrad abhauen. Das müssen sie gehört haben, denn als ich gerade das Rad in der Hand hatte, kam einer zur Tür raus. Zum Glück für mich kam auch Rocky und wollte mich begrüßen – er mochte mich immer schon, so hat der Typ nicht mich, sondern den

Hund erschossen. Ich rannte so schnell weg, wie ich konnte, und den Rest kennen Sie.«

»Ja«, bestätigte Maria. »Den Rest kennen wir. Danke für deine offenen Worte. Wir lassen dich jetzt in Ruhe und kommen morgen nochmal. Dann besprechen wir, wie es weitergeht.«

»Frau Kommissar, bin ich noch in Gefahr?«

»Wir werden alles tun, was in unserer Macht steht, um dich zu beschützen. Das verspreche ich dir. Und noch was: Falls es dich ein wenig tröstet – Rocky hat es überlebt.« Die Erleichterung darüber war Irina deutlich anzusehen.

Sie verabschiedeten sich. Auf dem Korridor sensibilisierten sie den uniformierten Beamten, äußerst wachsam zu sein, und forderten einen zweiten Kollegen zur Verstärkung an.

»Tapferes Mädchen«, sagte Goselüschen im Wagen.

»Ja. Aber ich möchte nicht wissen, wie es in ihr drin aussieht.«

***

Gerade kamen sie aus dem Haus der Hendricksons, die sie über die jüngsten Entwicklungen bezüglich ihrer Tochter in Kenntnis gesetzt hatten. Sie hatten es sich für den Feierabend des nächsten Tages aufgehoben. Goselüschen pustete durch und auch Maria war erleichtert.

»Sie scheinen es einigermaßen gefasst aufgenommen zu haben.«

»Im ersten Moment jedenfalls«, bestätigte Maria. »Aber ich bin froh darüber, dass die Psychologin noch etwas bei ihnen bleiben will.«

Während der Fahrt sprachen sie kaum, erst als sie Goselüschen vor seinem Haus absetzte, fragte er:

»Und, was machen wir jetzt?«

»Ich denke, dass Sylvia noch einen Kinotermin bei dir gut hat. Ich für meinen Teil werde heute einfach früh ins Bett gehen. In meinem Alter vertrage ich diese Aufregung nicht mehr so gut.«

»Alles klar, alte Frau, dann pflege deinen geschundenen Körper und den greisen Geist.«

»Du mich auch.« Lachend winkte sie ihm und fuhr davon.

Kapitel 19

Noch am Abend der Operation hatte Maria sich mit den Kollegen der Bremer Kriminalpolizei in Verbindung gesetzt, für die Vladimir Kerkov alles andere als ein unbeschriebenes Blatt war.

Seit Jahren versuchten sie, ihn, den sie als einen der führenden Köpfe der russischen Mafia in Bremen vermuteten, wegen eines konkreten Schwerverbrechens aus dem Verkehr zu ziehen. Doch seine hervorragend strukturierte, skrupellose Organisation, die vor Erpressung, Mord und schwerer Körperverletzung nicht zurückschreckte, für die Bestechungsgelder an diverse Polizisten lediglich Ausgaben aus der Portokasse darstellten und Einschüchterung von Belastungszeugen ein probates Mittel war, verhinderte bisher jeden Zugriff.

Geradezu begeistert waren sie über die Entwicklung im Fall Hendrickson und als Irina nach einigen Gesprächen ihre Bereitschaft signalisierte, als Hauptbelastungszeugin wegen Mordes gegen Kerkov auszusagen, ließ die zuständige Staatsanwaltschaft sehr schnell ihre Bereitschaft erkennen, das Mädchen in ein Zeugenschutzprogramm aufzunehmen.

Das Bestattungsinstitut Gottlieb wurde von der negativen Presse in der Folgezeit überrollt und kaum zwei Monate nach der Schießerei im Wald gab Gerhard Gottlieb sein Unternehmen auf.

Vier Monate später erreichte Maria und Goselüschen die Nachricht, dass Kerkov wegen Mordes zu lebenslanger Haft verurteilt wurde. Gegen den perversen Geschäftspartner Kerkovs, dem dieser wegen seiner nekrophilen Neigungen mehrere Leichen besorgt hatte, wurde in der Zwischenzeit ebenfalls ein Verfahren eingeleitet, das mit einem Schuldspruch geendet hatte. Aufgrund seiner Aussage konnten die beiden vorangegangen Leichen, die Kerkov ihm über Sven Mittag beschaffen gelassen hatte, identifiziert werden. Sie wurden ebenfalls in der Nordsee versenkt und waren bis zum heutigen Tag nicht wieder aufgetaucht.

»Manchmal siegt doch die Gerechtigkeit«, sagte Goselüschen mit bedeutungsschwerer Stimme.

»So ist das, man muss dem System Vertrauen, auch wenn es uns das eine oder andere mal enttäuscht. Im Großen und Ganzen funktioniert es und ich bin froh, dass ich in einem Land lebe, in dem es trotz aller Irrungen und Wirrungen in den letzten Jahren doch noch um Werte geht, die es sich zu verteidigen lohnt.«

»Amen. Dann hat die kleine Irina ihren Job als Zeugin überzeugend gemacht. Wo die wohl abgeblieben ist?« Er zuckte mit den Schultern. »Werden wir wohl nie erfahren.« Maria grinste ihn an und bevor er lospoltern konnte, zog sie einen an sie adressierten Brief ohne Absender aus der Jacke und schob ihn zu Goselüschen.

»Einmal lesen, dann bitte vernichten.« Sie schaute ihm zu, wie er den gefalteten DIN-A4-Zettel aus dem Umschlag holte, ihn aufklappte und lächelte.

»... und noch einmal vielen Dank dafür, dass Sie mein Leben gerettet haben und dabei Ihr eigenes riskiert. Das hat bisher noch niemand für mich getan. Und mir geht es hier, ich darf nicht schreiben, wo hier ist, aber hier geht es mir besser als in meinem ganzen bisherigen Leben. Und vielen Dank, dass ich in meinem neuen Lebensabschnitt von Rocky begleitet werden darf. Grüße I«, las er, hielt ein Feuerzeug darunter und gemeinsam schauten sie zu, wie der Abschiedsbrief in Flammen aufging.

Danksagung

Eine Geschichte zu schreiben ist einfach. Daraus hingegen ein Buch entstehen zu lassen, ist ein umfangreiches Unterfangen. Für einen allein eine fast nicht zu bewältigende Aufgabe – jedenfalls für mich. Daher möchte ich mich bei allen herzlich bedanken, die sich – in welcher Form auch immer – eingebracht haben, damit aus meiner Geschichte ein fertiges Buch werden konnte.

Ein ganz spezieller Dank geht an Petra Thole von der Kripo Cloppenburg, die mich in allen Fachfragen hervorragend unterstützt und beraten hat.

Für die fachmännische Unterstützung in allen medizinischen Belangen bedanke ich mich herzlich bei Robert Splittgerber. Besonderer Dank gilt Tanja Loibl, welche wieder geholfen hat, meine verquere Aneinanderreihung von Wörtern zu lesbaren Sätzen umzuformulieren, soweit ich es zugelassen habe, und hoffentlich die meisten Fehlerteufel aus diesem Werk vertrieben hat. Nicht zu vergessen, meine vielen Testleser. Von denen möchte ich folgende hervorheben, da diese mir, nicht immer schöne, aber konstruktive Kritiken geschrieben haben: Iris Freinberger, Linda M. Berg, Drea Summer, Anja Lang und Beate Majewski. Vielen Dank euch allen!

Über den Autor

Der Autor, 1970 geboren, lebt im niedersächsischen Vechta und ist Vater zweier erwachsener Kinder. Der Krimi *Mordseefluestern* ist seine achte Veröffentlichung. Die Idee, Geschichten zu erzählen und Bücher daraus entstehen zu lassen, kam quasi über Nacht.

Selbst ist er großer Fan von Büchern Stephen Kings, Dean Koontz´ und John Grishams. Natürlich hat auch die Harry Potter-Reihe von J. K. Rowling einen festen Platz in seinem Bücherschrank.

Besucht ihn bei Facebook und folgt ihm auf der Autorenseite Marcus Ehrhardt. Oder abonniert ihn auf Instagram unter Marcus.Ehrhardt.Autor und verpasst keine Neuerscheinung mehr.

Bisher erschienen:

- *Fremde Angst – Burns Creek* (08/2017)
- *Fremde Angst – Nemesis* (10/2017)
- *Der Tote vom Stoppelmarkt* (12/2017)
- *Im Namen des ...* (02/2018)
- *Die Klaviatur der Gerechtigkeit* (05/2018)
- *Mordseerauschen* (07/2018)
- *Von Hass getrieben* (10/2018)
- *Mordseeflüstern* (11/2018)

Der siebte Krimi mit Maria Fortmann und Peter Goselüschen, *Mordseegrauen*, erscheint im April 2019.

Eine Bitte am Schluss

Liebe LeserInnen des Buches *Mordseegrollen:* Jeder hat andere Vorlieben und Sichtweisen. Und ich maße mir nicht an, ein Buch schreiben zu können, das jedem gefällt. Jedoch bin ich bestrebt, dass jeder gut unterhalten wird, der eines meiner Bücher liest. Daher bitte ich darum, nach Beendigung des Buches eine Rezension oder eine persönliche Bewertung zu hinterlassen. Ich werde jede seriöse Kritik lesen und sie gegebenenfalls in mein weiteres Wirken einfließen lassen.

Dafür im Vorfeld bereits vielen Dank!